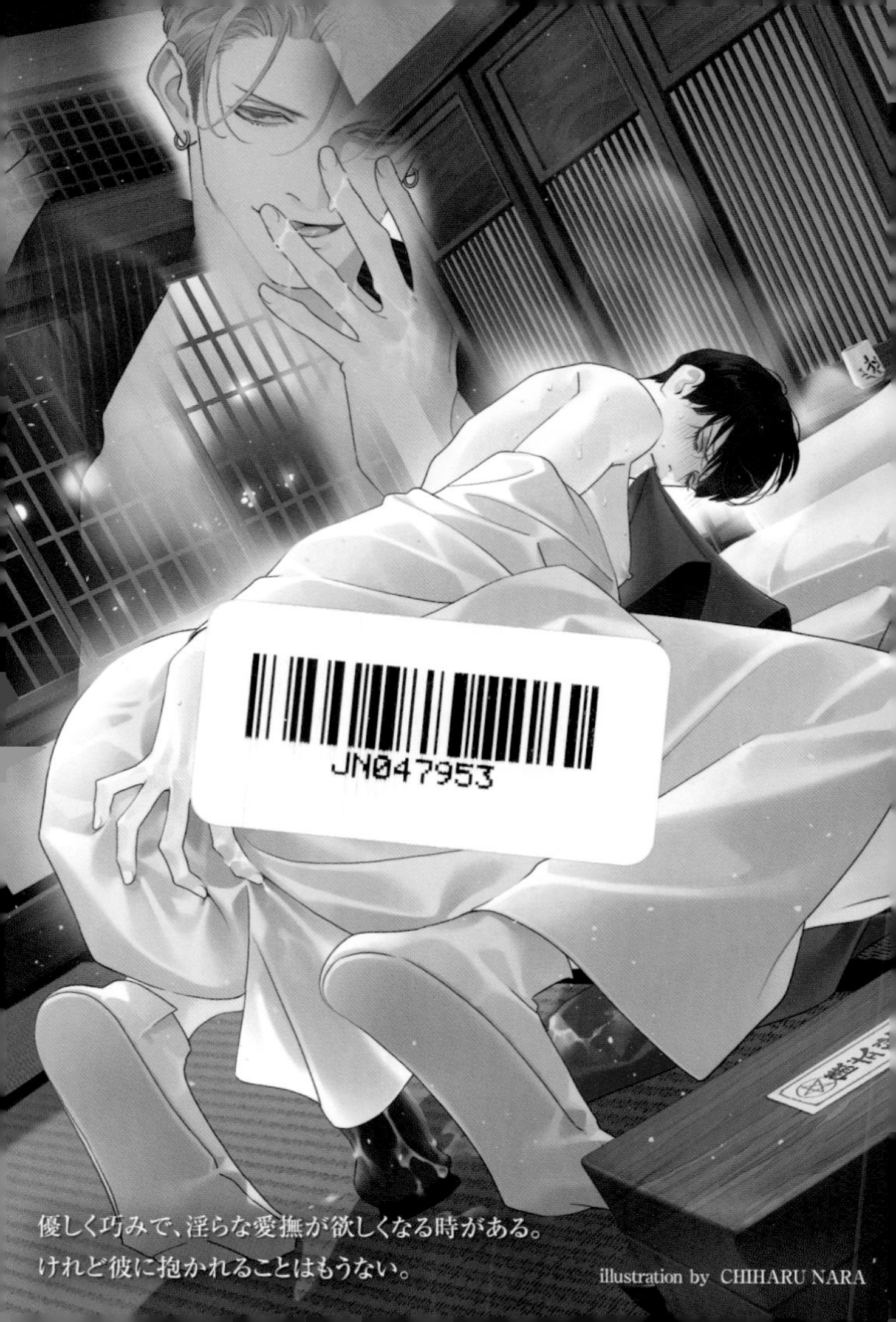

優しく巧みで、淫らな愛撫が欲しくなる時がある。
けれど彼に抱かれることはもうない。

illustration by CHIHARU NARA

超《ちょう》現《げん》実《じつ》主《しゅ》義《ぎ》者《しゃ》と花《はな》の巫《み》女《こ》の蜜《みつ》約《やく》

西野 花
HANA NISHINO

イラスト
奈良千春
CHIHARU NARA

Lovers Label

CONTENTS

暗い山道には月以外に明かりとなるものがなく、二つのハンドライトの光だけが行き先を照らしていた。

「この先にほんとにあるの？」

「もう少し先らしい。錆《さ》びた大きな門があるって」

瀬戸友朗《せとともろう》は妹のかなみと一緒に夜道を進んでいた。舗装《ほそう》されていない道の両側は真っ暗な木立《こだち》が広がり、時折《ときおり》鳥の声が聞こえてくる。

「なんか、時々、悲鳴みたいに聞こえる」

かなみがそんなふうに呟《つぶや》いた。その横顔は緊張《きんちょう》と不安に彩《いろど》られている。

「心《しん》スポものは数字伸びやすいからがんばれ」

「う、うん、がんばるよ。私もお兄ちゃんみたいにバズりたいし」

友朗は動画投稿サービスで登録者数約三百万人を超える『トモロウズチャンネル』の人気配《はい》信者《しんしゃ》だった。巧《たく》みな話術とルックス、企画力で、動画投稿を始めた二年前から一躍《いちやく》トップ配信者に躍《おど》り出ている。そしてその収益を元手に動画制作やアパレルなどの事業を始め、二十九歳ながら、今では億《おく》の年収を稼《かせ》いでいた。

そんな友朗のことを見て、五歳下の妹のかなみが自分も動画を投稿したいと言い出した。再生数や登録者数が一番稼げるのがコラボという配信者同士が共同で動画を撮る形態《けいたい》だ。かなみは身内贔屓《びいき》で見なくともルックスがいい。きっかけさえあれば必ず伸びるだろうと友朗は踏《ふ》んでいた。

「お前のカメラでもちゃんと撮れよ」

「う、うん」

「見えてきた。あれか」

夜の闇《やみ》の中に、大きな建物のシルエットが浮かび上がる。あれが今日の撮影スポット、霊《れい》が出るという噂《うわさ》の廃旅館《はいりょかん》だ。

「いきなりあそこに行くのはお勧めしないよ」と、知り合いのオカルト系配信者に釘《くぎ》を刺《さ》されている。だが、だからこそ行く価値があるというものだ。子供だましの心霊《しんれい》スポットなど視聴者は見飽《みあ》きている。

そもそも友朗は、霊の存在などというものは一切《いっさい》信じていない。自分のチャンネルの中ではこういった企画も度々やっているが、すべて数字のためである。むしろ心霊スポット巡《めぐ》りで怖いのは野生動物とホームレス、輩《やから》と呼ばれる存在だ。

「うっわ～、すごい存在感」

「なかなかに雰囲気《ふんいき》があるな」

廃旅館は闇の中にその偉容《いよう》で佇《たたず》んでいた。

「この建物のいわくは把握《はあく》しているな？」

「うん。バブルの頃に建てられて倒産して、オーナーがこの旅館で自殺してから霊現象が起こるようになったんだよね。それ以来、ここで自殺する人もいるって。そういうのって、呼んじゃうんだよね」

「そうだな」

話だけならありふれた怪談《かいだん》だ。それではここが怖がられているのは、何が原因なのだろう。

「じゃあ、入るぞ」

「よし！」

かなみが気合いを入れるように答えて、雑草だらけの敷地内に足を踏み入れる。最近は視聴《しちょう》者《しゃ》のコンプライアンスも高いので、侵入《しんにゅう》と撮影許可も取得済みだ。無用の炎上《えんじょう》は避《さ》けるに越したことはない。

「ここでは三階の廊下《ろうか》に、黒い女の幽霊が出ると言われています」

かなみがマイクに向かって説明する。もちろん自分達はそこへ行くつもりだった。

正面の入り口から入ると、荒《あ》れ果てたフロントらしき場所がある。

「すごい物が残ってる」

電話やバインダーなどの備品が、床やカウンターの上に放り出されていた。こういう場所にありがちだが、物を処分《しょぶん》するにも費用がかかるからか、残置物が多い。

「上に行く階段はどこだ」

友朗がライトを建物の奥で照らしている時、ふいにかなみがびくりと身を竦《すく》ませた。視線が上に向いている。

「今、音聞こえなかった？」

「何の音だ」

「なんか、話し声、みたいな……」

友朗の耳には聞こえなかった。だが、かなみのそのリアクションはなかなかいい。心霊スポットではこういうのが大事なのだ。

「階段あったぞ」

奥に階段を見つけ、そちらに進んでいく。

「足下気をつけろよ」

「うん」

二階に着くと、客室が並ぶフロアに出た。どの部屋も汚《よご》れて荒れている。押し入れから布団《ふとん》がすべて投げ出されている部屋もあった。

「ねえ、また音が聞こえるんだけど！」

かなみはしきりに上階を気にしている。次はいよいよ、霊が出ると報告のあった三階だった。

階段をライトで照らしながら三階へ到達する。

「……なんか、すごい静か……」

これまで何度か音を気にしていたかなみだったが、いざ上に来るとその静けさに戸惑《とまど》っていた。友朗は撮影を続けながら、妙《みょう》なことに気づく。

「落書きがないな」

これまでに行った心霊スポットでは、壁《かべ》の至《いた》るところに落書きがされているというのが常だった。

「そう言えば一階と二階の壁もきれいだったね」

友朗は知り合いの言葉を思い出す。

『ガチでやばいところは、落書きが少ないいんだよ』

「ガチでやばいのかもしれないな」

「ええ？　やだよお……」

かなみは何かを察知《さっち》しているのか、本気で怯《おび》えているようだった。

「ちょっとここで、ねばってみるか」

「ちょ、ムリムリ……」

そうは言うが、特に何か決定的なことが起こったわけでもなく、取れ高としては今ひとつだった。

怯える妹を宥《なだ》めながら十五分ほど待ってみたが、特に何もない。友朗は諦《あきら》めて撤収《てっしゅう》することにした。階段を降りようとした時、うなじの辺りに、ちり、と違和感《いわかん》を覚える。振り返り、廊下の奥を映したが、特に何も映っていなかった。

「どうしたの?」

「いや、何か…変な感じがしたんだが」

「やだこわーい」

そのまま一階まで降り、廃旅館の探索《たんさく》はそれで終わった。車を置いた場所まで戻り、途中のファミレスで食事したところも少し撮影して、かなみを部屋まで送る。

「さて、軽く編集でもするか」

風呂から出て、ビールを飲みながらデータをＰＣに移していた時だった。

カタン。

玄関のほうから音が聞こえた気がして、友朗は顔を上げる。玄関に続く廊下のほうを窺《うかが》うが、特に何も異常はなかった。

「ここで何か起こってくれたら、動画的においしいんだがな」

そんなことあるわけがないか。

友朗はそう呟いて、撮ってきたばかりの映像の編集作業に入った。

『さっすがお兄ちゃん！　コラボしたら登録者数めっちゃ増えたよ。ありがとね！』

「どういたしまして」

その数日後、動画をアップしたが、かなみのほうも順調に伸びているようだ。こちらの再生数もあっという間に八十万回ほどだったので、取れ高の割に上々といったところか。

『それでさ、めちゃくちゃはっきり映ってたね！　もうゾッとしちゃって、今彼氏に泊まりに来てもらってるよ』

「映ってる？　何がだ？」

『え、お兄ちゃん気がついてなかったの？』

「だから何がだ。……まさか、何か映っているのか？」

『三階のところに、ばっちり映ってるじゃん！』

友朗は慌《あわ》ててPCを開くと、動画を再生してみた。三階から戻ろうとして、友朗が何かを感じ振り返ったところだった。

廊下の暗闇の中に、何かが立っている。周りの闇とは明らかに異質なそれ。

人型のシルエットは女のように見える。その部分を拡大してみると、顔立ちの凹凸《おうとつ》まで判別《はんべつ》できそうだった。

「――」

友朗の背筋《せすじ》に冷たいものが走る。

女は笑っていた。

「マジかよ……」

編集している時には、まったく気がつかなかったものだった。

『ね⁉　普通に映ってるでしょ⁉　コメントでもみんな騒《さわ》いでるよ！』

友朗はコメント欄《らん》をスクロールしてみる。

『三階の奥に女性がいますよね？　すごいはっきり映っててゾッとしました！』

『これってやばいような気がします。友朗さん、かなみさん大丈夫ですか？』

『こんなにはっきり映るものなんですね。でもなんだかよくないもののような気がします』

ざっと見ただけでも、こういったコメントで埋《う》め尽《つ》くされていた。

「かなみ、お前は大丈夫か？」

『うん、大丈夫だよ。近所の神社からお守りももらってきたし』

「そうか。何かあった時のために動画も回しとくといいぞ」

『お兄ちゃん、配信者の鑑《かがみ》！』

かなみはそれほど怯えてはいないようだった。恋人も近くにいて安心しているのだろう。

友朗はと言えば、おいしい映像が撮れたな、と思う。映っているものが何かはわからないが、再生数を稼いでくれるならありがたい。そんなことを思っていると、チャイムが鳴った。オートロックのほうではない、玄関のチャイムだ。同じマンション内の誰かだろうか。インターフォンのカメラをオンにする。

そこには誰もいなかった。

「……？」

玄関を開け、あたりを見回す。やはり誰もいない。マンションの内廊下が間接照明に照らし出されているだけだ。

友朗は首を捻《ひね》ってドアを閉めた。

その日の深夜のことだった。

寝室で寝ていた友朗は、何かの気配に目を覚ます。

「……？」

それはこれまでにない感覚だった。身体の産毛《うぶげ》が、ざわっ、と総毛立《そうけだ》つ。

「……今、部屋の外から気配がしました。様子を見に行ってみたいと思います」

枕元に置いたカメラを構える。何かが起こるなら、映像に収めたいと思った。友朗は心霊現象の類《たぐい》は信じない。だが、それなら動画に映ったあの女と、今のこの状況《じょうきょう》は何なのだろう。

寝室のドアを開けると、明かりを落としたリビングに出る。

カタンッ。

ドアを隔《へだ》てた、玄関へ続く廊下。音はそこから聞こえてきた。カメラを向け、そちらに歩いて行く。

「っ！」

廊下に続くドアは磨《す》り硝子《ガラス》になっていた。その硝子の向こうに誰かがいる。

（あの――女だ）

動画に映っていた女。それと同じシルエットだ。

友朗の身体が一瞬強張《こわば》る。

「――――」

ごくり、と喉《のど》を上下させた。そして息を吸《す》い込むと、つかつかとそちらへ歩いて行き、そして廊下へのドアを一気に開けた。

「……」

誰もいなかった。暗い廊下が玄関へと続いている。こめかみにじわりと汗《あせ》が浮かぶのがわかった。

「……クソっ……」

わけのわからない怒りのような感情に突き動かされ、友朗は悪態《あくたい》をつく。

「はっきり姿を現したらどうだ！」

その瞬間、空気が変わったような気がした。ひやりとした水の中にいるような温度感と、どこからか漂《ただよ》ってくる生臭《なまぐさ》い匂《にお》い。

暗い廊下の奥に誰かがいる。

玄関前に立つそれは女の形をしていた。黒い服の、長い髪の女。顔立ちははっきりとわからないが、そいつは笑っていた。


その夜の出来事は動画としてアップした。動画上には女の姿は映っていないと思う。だが視聴者から寄せられるコメントには、『玄関の前に黒い服を着た女がいる』というものが散見された。

そしてその日から、友朗の視界の端《はし》には、しばしばその女の姿が見えるようになった。最初は夜に一人で部屋の中にいる時。次に誰かと会っている時。そして、とうとう街中にいる時にも女の姿は認められた。

現実主義者の友朗は病気を疑い、脳外科からメンタルクリニックまで受診した。だが、いずれも心身の異常は認められなかった。

「お兄ちゃん、大丈夫？」

かなみが心配そうに顔をのぞき込んでくる。

「ひどい顔だよ。ちゃんと寝てないいんじゃない？」

正直、夜は眠れていなかった。ここ数日、あの女がずっとベッドの横に立っている。こちらも配信者のはしくれとして動画を回すものの、最初に廃旅館に行った日と違って、いっさい映らない。せめて撮れ高に貢献《こうけん》してくれれば再生数を稼げるものを。

とは言え、そんな強がりもそろそろ限界に近づいてきていた。コメントにも友朗を心配する声が寄せられる。すると、廃旅館に行く前に忠告してくれたオカルト系配信者の知り合いである『ミナト』が連絡を寄越《よこ》してきた。

『友朗、お前マジ呪《のろ》われてるぞ』

「やっぱそうなんかね。信じられないが」

『いるんだろ、今も』

「ああ、いる。ソファの後ろに立ってる」

『だろうな。笑い声が聞こえてくる。友朗、お前この状況になっても、早くなんとかしなきゃとか思ってないだろ。それも取り憑《つ》かれている証拠《しょうこ》だからな』

ミナトの言うことは当たっていた。この状況が好ましいとは思っていないが、特段対処《たいしょ》すべきとも感じていない。仕事には確実に支障《ししょう》が出ているし、まずい状態なのだが。

『そいつは俺にもどうにも出来ん。だが、鶴神社《つるじんじゃ》の隠《かく》し巫女《みこ》ならなんとかできると思う』

「なんだそいつは」

『めちゃくちゃ力のある巫女さんがいるんだってよ。けど、会いたいって言って会えるもんでもないらしい。神社のほうで判断して、必要なら会わせるって感じで』

その話をした時、女のほうから明らかに怒りの感情が伝わってきた。どうも女にとって都合が悪いらしい。

『今はまだお前の生命力のほうが強いから、たいして邪魔《じゃま》されずに行けると思う。けどそれも時間の問題だ。今すぐ行け』

ミナトはそう言うと、神社の住所と地図を送ってきた。


北関東のとある山中にその神社はあった。行く前にネットで調べてみたものの、その神社に関する記事はほとんど出てこない。

途中、『妨害《ぼうがい》』はいくつかあった。行こうとした道が工事中だったり、ナビ通りに行ったのに、まったく見当違いの場所に連れて行かれようとしたり。だがミナトの言うとおり、今はまだ友朗のほうの生命力が勝っていたのだろう。予定より遅れたものの、友朗は無事に教えられた神社――、『鶴神社』に着くことが出来た。

「えっ？」

一歩足を踏み入れて、友朗はあたりを見渡す。そこには椿《つばき》が群生していた。白と赤の花が至るところで咲いている。だが椿の咲く時期は冬から春くらいと記憶していた。今は十月で、少々早いような気がする。

「綺麗《きれい》なもんだな」

ここのところひどい精神状態だったせいか、椿の美しさに癒《い》やされる思いだった。敷地は広く、建物は古いがよく手入れがされている。

ふと、向こうに緋袴《ひばかま》の巫女がいるのが見えた。竹箒《たけぼうき》で落ち葉を集めている。友朗が声をかけようとした時、巫女がこちらに気づいたように顔を上げた。彼女は、あっと声を上げると、慌ててその場から逃げるように走り去ってしまう。

「おいおい、何だよ」

出鼻をくじかれてしまい、友朗は呆気《あっけ》にとられた。参拝客《さんぱいきゃく》の姿も見えず、他に誰か、と探していると、ふいに背後から声をかけられる。

「あんた、どこから来なさった？」

驚《おどろ》いて振り返ると、そこには年配の女性の神職がいた。七十代くらいだろうか。神職だとわ

かったのは、彼女が袴《はかま》を着ていたからだ。先ほどの巫女とは違い、袴の色は紫だったが。ぴんと背筋《せすじ》が伸びていて、厳しそうな印象を受ける。

「ええと……東京からです」

「この神社のことは誰かから聞いてきたのかね?」

「知り合いが教えてくれました。実は、困っていまして」

「ああ、見ればわかるよ。またえらいもんをつけているね」

彼女にも見えるのだ。友朗は藁《わら》にも縋《すが》る思いで言った。

「どうにかできますか」

「無理だね」

神職はにべもなく告げた。

「その呪いは相当なものだよ。私ではどうにもならない。かわいそうだけど、諦めな」

「ここに凄腕《すごうで》の巫女さんがいると聞きました」

「そんなものはいないよ」

「さっきそこで掃除してましたよ。すぐに逃げてしまいましたけど。髪の長い、綺麗な方でした」

友朗が言うと、彼女はむっつりと黙《だま》り込む。

「……あの子の力はね。そう簡単に使っていいものじゃないんだ」

「けど、俺はもう割と命の危険を感じているんです」

「おおかた遊び半分で危険なところに行って憑《つ》けてきたんだろう。同情はできないね」

見抜かれている。だが、こちらは遊び半分ではない。動画投稿は友朗の仕事だ。それで金銭《きんせん》を得ているのだから。

友朗は作戦を変えることにした。

「この神社、あんまり参拝する人もいないようだし、経営とか大変じゃないですか？」

「大きなお世話だよ」

「こういう建物って、修繕《しゅうぜん》するのにもお金かかるって聞きました。俺、こう見えて金あるんです。よければたくさん寄進させてもらいますけど」

なんとも品のない言い方だと自分でも思う。けれど札束《さつたば》で引っぱたこうと思ったらこのくらいのインパクトは必要だ。

「……」

神職がそわそわし出した。友朗はスマホを取り出し、銀行のアプリを立ち上げて画面を見せる。

「なんなら口座番号教えていただければ、今振り込みますよ」

「……わかった、わかったよ。強引な子だね」

降参《こうさん》したように彼女は頭を振った。

「失礼言ってすみません。でも本当に困ってるんです」

「それはわかってるよ。――――ついておいで」

神職は友朗に背を向けて歩き出す。拝殿《はいでん》を過ぎ、奥へと進むと建物があった。社務所《しゃむしょ》的なところだろうか。事務所のようなところと、普通の住宅のような部分がくっついている。

「お邪魔《じゃま》します」

「上がりな」

神職について行って廊下を進む。ここも古いが、広い建物だ。人の気配があまりない。

「あの巫女さんは、おばあさんのお孫《まご》さんですか？」

「私は敬子《けいこ》というんだよ。……そう。私の孫だ。まさかあんなに才能のある子を授《さず》かるとは思わなかったよ。けど、その才能ゆえに独《ひと》りぼっちになった」

とある部屋の前で止まると、敬子は中に声をかけた。

「紬《つむぎ》。入るよ」

襖《ふすま》を開けた先は八畳《はちじょう》くらいの部屋だった。さっきの巫女の私室だろうか。

(に、してはすげえ殺風景《さっぷうけい》だな)

部屋には低い机《つくえ》とチェストくらいしかない。その机の前に、さっきの巫女が座ってこちらを見ていた。長い艶《つや》やかな黒髪が背中へ垂《た》れている。そしてその顔立ちは、ちょっとやそっとお目にかかれないくらいの美形で、友朗は思わず息を呑《の》んだ。

「紬、これ、祓《はら》えるかい」

「はい」

紬と呼ばれた巫女は何の気負いも感じられないような調子で答える。まるで何でもないことのようだった。彼女の祖母が祓えないと言ったものなのに。

「じゃあ頼んだよ。……あんた。寄進の件、本当だろうね」

「あ、はいもちろん」

「嘘《うそ》だったら祓ったもんまた憑け直してやるからね。じゃあ紬、よろしく」

「はい」

敬子は恐ろしいことを言って去っていった。後には紬という巫女と友朗だけが残される。紬はテーブルを横に押しやると、立ち上がって押し入れから座布団《ざぶとん》を取り出し、自分の正面に置いた。

「どうぞ」

「はい、よろしくお願いします」

友朗はぺこりと頭を下げ、紬の前に座る。

「……」

紬は友朗をじっと見つめた。正確に言うと、友朗の背後を見ているようだった。

（しかし、こんな山の中にえらい美人がいるもんだな……）

友朗は超有名配信者であるので、周りには美人が多い。だが紬は、その中の誰ともタイプが違うような気がした。切れ長の黒目がちな瞳《ひとみ》は濡《ぬ》れているようで、見つめていると胸がざわわしてくる。

「……あなたに憑いている女の人は」

紬が突然話し出した。声は意外に低い。

「あなたが行った旅館で、以前、自ら死を選んだ人です。恋人に騙《だま》されて、ひどい目に遭《あ》わされたみたいです」

「はあ…」

「あなたはその恋人に似ているようで、とても執着《しゅうちゃく》しています」

「そんなこと、わかるんですか」

「今聞きました。彼女、あなたに会えて嬉《うれ》しいそうです」

友朗は女の表情を思い出した。こちらを見て笑っていた顔。背筋がぶるりと震えた。

「俺はその恋人でもなんでもないんで。祓ってください」

「……わかりました」

紬は友朗の前に膝《ひざ》で近づくと、右手を挙げて目のあたりを覆《おお》ってくる。

「！」

「目を閉じて」

言うとおりにすると、紬は小さな声で呪文《じゅもん》のようなものを唱《とな》えた。すると首の後ろで心地よい風が吹いたような感じがして、意識が遠くなっていく。友朗はその感覚に逆らわなかった。

目が覚めた時、友朗は紬の膝の上に頭を置いて寝ていたことに気づいた。

（まじか）

「気がつかれましたか」

上から紬の綺麗な顔がのぞき込んでくる。友朗は慌てて身を起こした。

「すみません。膝を借りてしまって」

「構いません。気分はどうですか」

起き上がった時に気づく。気分がひどくすっきりとしていた。重かった頭も霧《きり》が晴れたように明瞭《めいりょう》になり、身体の疲労《ひろう》も軽減されている。

「気分は、いいです……、かなり」

「女の人は離れました」

「消えたんですか」

「消えてはいません。ですが、あなたの側にはいません」

それを聞いてほっと胸を撫《な》で下ろす。これで今夜から安眠できるということか。喜んでいた友朗だったが、紬は続けた。

「今のは応急処置《おうきゅうしょち》です。これからもっと本格的な祓いが必要になります」

「え、ぱっと祓える…ってわけではないんですか」

勝手にぬか喜びしたような気分になり、思わずそう口走ると、巫女は友朗を睨《にら》むように見つめてきた。綺麗なだけに迫力《はくりょく》がある。

「相手も元は人です。手順を踏《ふ》まないと納得してはくれません」

「はあ、そうですか……」

「完全に祓うためには、こちらに何日か泊まり込んでもらうか、私がそちらに泊まる必要があります」

「マジか」

こんな山の中に足止めされると、色々と不都合だと思った。友朗は動画配信の他にもいくつか事業を営んでいて、ある程度はスタッフに任せてあるものの、ずっとここにいるのは都合が悪い。

「君がこっちに来てくれるの？」

巫女はこくりと頷《うなず》いた。

「いいの？　その……お祖母《ばあ》様は承知しているの？」

若い女の子が自分のような男と共にいるというのはどうなんだろうか。こちらは願ってもないことだが。だが、巫女は「お役目ですから」というばかりだった。

「巫女さん、名前は？　俺は瀬戸友朗」

「鶴杜紬《つるもりつむぎ》です」

つむぎ、と、友朗は巫女の名を口の中で繰り返した。


椿の狂《くる》い咲く鶴神社から帰ってきて一週間ほどが経《た》つ。その間、友朗の周囲はまったく平和だった。誰かに見られているような感覚もなく、家の中で黒い女を見ることもない。

あの巫女は、やはり本物だったのかもしれない。

惜《お》しむらくは、動画を撮ることをすっかり失念していたことだ。自分らしくもない。神社から帰る際、巫女の祖母に教えられた口座に大金を振り込みまでしたのに。

（まあいいか。心の平安には返られねえもんな）

そう自分を納得させ、忙《いそが》しく日々を過ごしていた時だった。外出から帰る途中、友朗はまた『それ』を見た。

マンションのエントランス付近、植え込みの陰《かげ》に、またあの女が立っていた。友朗は隠《かく》れるようにして中に入り、オートロックを解除する間ももどかしく自分の部屋に逃げ込んだ。

(ヤバい。また来た)

背中を冷や汗《あせ》が伝い、心臓が嫌な感じに跳《は》ねる。

今はまだ外にいるが、いずれこの部屋の中に入ってくるような気がした。急いで鶴神社に連絡をするが、電話はいっこうに繋《つな》がらず、留守電にも切り替わらない。

「クソッ」

悪態をついても始まらないが、どうしようもない。とりあえず玄関に塩《しお》を盛るが、それがそんなに効果がないことはわかっていた。だが、何かせずにはいられない。

その夜は特に何事もなかったが、友朗はまんじりともせずに過ごした。


変化は次の日にやってきた。玄関のインターフォンが鳴ったので、友朗は受話器を取る。エントランスの映像が映し出された。

『鶴杜です』

「────え…?」

鶴杜とは、あの鶴神社の鶴杜だろうか。

『鶴杜紬です』

その声には確かに聞き覚えがあった。友朗は反射的にオートロック解除のボタンを押す。わき上がる疑念《ぎねん》に首を捻《ひね》っていると、やがて玄関のチャイムが鳴った。

おそるおそるドアを開ける。そこには一人の青年が立っていた。ごく普通のデニムとシャツ、そしてジャケット。髪は短かった。

「ええと……紬、さん？」

「はい」

友朗は更《さら》にわけがわからなくなった。目の前の人物は男に見える。けれどその小作りで綺麗な顔立ちは、あの日、神社で会った巫女と同じものだ。

「あ、もしかして巫女さんの双子の兄弟かなんか？」

「いいえ、本人です」

紬は――――、彼は、すこし言いにくそうに告げた。

「わけあって巫女の格好《かっこう》をしていましたが、僕は男です」

「え――――」

混乱と驚きが友朗を襲《おそ》った。

鶴杜紬は幼少の頃から非常に強い力を持っていた。

紬の目には、この世界にはすでにいない者の姿が見える。物心ついた時から、先の出来事を言い当てたり、近いうちに死にゆく者がわかったりもした。

紬の両親は鶴神社の血縁《けつえん》に連なるものだが、彼らはごく普通に生きてきて、妙《みょう》なものを見たりもしない。だから紬の能力がわかった時には、ひどく困ったそうだ。特に母親は、自分が産んだ息子がわけのわからないことを言い出したり、部屋の隅《すみ》に何かがいると訴《うった》えたりするのはストレスに他ならなかったろう。彼女は鶴杜の血を引いていないのだ。

紬が五歳の時だった。この時は大宮《おおみや》にある家に両親と紬の三人で住んでいたのだが、ある日、その家で怪異《かいい》が勃発《ぼっぱつ》するようになった。

まだ力の使い方がわからない紬の周りに雑霊が引き寄せられ、頻繁《ひんぱん》に家の中で不気味《ぶきみ》なことが起こる。両親は恐怖《きょうふ》に疲弊《ひへい》し、紬を親戚《しんせき》の敬子に預《あず》けることにした。敬子は紬を見た時に、

「この子は女神《めがみ》の力を使える」と言ったそうだ。

鶴神社で祀《まつ》られているのは破邪《はじゃ》の女神である。数十年に一度、非常に力を保った子が生まれ、血縁の中ではそういった子を「女神の生まれ変わり」と呼んでいるのだそうだ。

そして紬は力の使い方を学ぶために鶴神社に住むことになった。修行を始めてからはみるみる力が安定し、よけいなものは意識して見ないようにすることもできた。

「お前は女神様の力を使える。だから女神の姿を模《も》して生きなければならんよ」

紬は修行の結果、強力な悪霊《あくりょう》や呪いの類も祓えるまでになる。だがその結果、巫女の格好をして生活せねばならないようになった。もちろん義務教育の間は普通に男子の姿で学校に行くが、帰宅すればすぐに緋袴に着替えさせられる。

どうして自分だけこんな格好をしなくてはならないのだろう。

思春期の時はそんなふうに思うこともあった。だが、神社に来る様々な悩みを抱えた人を見るにつれ、これも自分の役目かとも思う。

世の中には誰かがやらなければならないということがある。それに早いうちに気づけたのは、祖母の教育の賜《たまもの》と言えた。

そんな紬の前に、東京からある男がやってきた。

神社の入り口で見た時からすぐにわかった。彼は相当厄介《やっかい》な呪いに取り憑かれている。どこであんなものを憑けてきたのだろう。あれは闇の中で数十年単位で練《ね》り上げられたものだ。おそらく祖母の手には負えない。きっと自分のところに来るだろうと思った。

祖母に連れられてきた男は友朗と名乗った。端正《たんせい》で男ぶりのいい、いかにも都会の男という感じだ。闊達《かったつ》で物怖《ものお》じしなく、けれど呪いのために疲弊しているように見える。

この人を助けたい。紬は強くそう思った。

「あの男、どう思うね」

友朗が帰ってから祖母が尋ねてくる。

「厄介だと思う。多分いつもの方法じゃ祓えない」

「そうか。ならいよいよ、あれを試さないとね」

「え」

紬は、江戸の昔から伝わる秘術《ひじゅつ》を学んでいた。この世ならざる者が嫌う陽の力。それを体内で練り、破邪の力に変えて魔を祓う。これは祖母にも使えない。女神の生まれ変わりと言われる者だけが使える術だった。

だがそのためには、自分のすべてを祓う相手に預けなければならない。

「紬はどう思う？　あの男のためにそれができるかい？」

「……お祖母ちゃん、あの人からどれだけお金もらったの」

それを尋ねると、祖母はばつが悪そうに口籠《くちご》もった。

「だって紬。最近は不景気だなんだって、なかなか金が集まらないんだよ。このお社《やしろ》だってあちこち直さないといけないし……」

「わかってるよ」

紬ももう成人だ。こんな山の中に籠《こ》もっていても、先立つものがないと暮らせないというのはわかっている。

「あの人に『女神下ろし』をしてもいいよ」

「本当かい⁉　でも、その……、無理はしないでいいんだよ」

この後に及《およ》んで気遣う祖母に、紬は苦笑してみせた。

「大丈夫。ちゃんと選んだ」

「そうかい。それなら、頼んだよ」

行っといで、と言われ、紬は頷くのだった。

「なるほどね、それで女装してたってわけか……。まんまと騙されたなあ……」

「騙したわけではないのですが、すみませんでした」

「いや、大丈夫大丈夫。そういう事情なんだろ？　にしても大変だよな。あんた綺麗だからいいけど。もし女神の力が使えるのがムキムキした野郎でも同じことするのか？」

「さあ……」

紬は思わず苦笑する。そう言えば、代々の紬と同じような者はどんな容姿をしていたのだろう。紬の前は戦前にまで遡《さかのぼ》ってしまうのでよくわからないが、先代もどちらかと言えば繊細《せんさい》な容貌《ようぼう》をしていたように思える。

「友朗さんに憑いた悪霊は、『女神下ろし』という術をもって祓わねばなりません」

「女神下ろし？」

友朗は怪訝《けげん》な顔をする。それはそうだろう。こんな言葉は聞いたことがないに違いない。

紬には二つの懸念《けねん》があった。ひとつは、自分が『女神下ろし』をうまく出来るかということと、彼がそれを受け入れてくれるかということだ。

「僕の中の陽の力を、友朗さんに受け取ってもらいます」

「どうやって？」

紬は荷物の中から一冊の冊子《さっし》を取り出す。

「これは、江戸時代から伝わる書物を、わかりやすく現代調にまとめたものです。『女神下ろし』の方法が書いてあります」

「俺が見ていいの？」

「どうぞ」

促《うなが》すと、友朗がページをめくった。内容に目を通していた彼の表情がみるみる変わる。驚愕《きょうがく》と、戸惑《とまど》いといったところか。

「え、これ、書いてあるの、マジ……？」

「はい」

「だってこれ、エッチしろって書いてあるじゃん!?」

「……そうです」

秘術《ひじゅつ》『女神下ろし』。それは巫女の体内の陽の力を対象者に渡すこと。それには、交合が必要と記されてある。

（もしも彼が了承《りょうしょう》したとしたら、自分はこの人に抱かれるのか）

あの日、友朗が帰ってから、渡された名刺に書いてあった彼の動画を見た。

動画配信者というのが、どういうものかわからなかった紬だったが、なんとなく気になって社務所に置いてあるただ一台のパソコンで見た。スマートフォンなどというものはそもそも持っていない。古いパソコンは動作も回線も遅く、見るのに多少苦労したが、彼の『トモロウズチャンネル』というものを見つけた。そこには動画のタイトルとサムネイルがずらりと並んでいて、旅行に行った動画や飲食している動画、買い物している動画、他にも様々な種類の動画がずらりと並んでいた。

「あなたの動画、いくつか観ました」

「……あ、観てくれたんだ。ありがと」

「心霊スポットに行っているものが、いくつかありましたね」

「うん」

「ああいうことは、本当に避《さ》けるべきです」

友朗はばつが悪そうにちらりと紬を見た。

「ホラー系は再生数が稼げるから……」

「そのせいでこんなことになっています」

紬は背後の窓を見た。次の瞬間、外から窓をバン、と叩《たた》く音がする。友朗の顔が強張った。

窓を叩く音は何回か続き、おもむろに静かになる。

「……今の、何だ？」

「……」

「ここ十二階だぜ⁉」

「あなたの動画にもありました。廃旅館にいた女の人です」

「戻ってきたってのか」

「僕がここにいるので入ってこられません」

「けど外にはいるってことか」

友朗は頭を抱えた。しばらく苦悩しているように見えた彼は、やがて顔を上げて紬を見る。

その目はどこか覚悟を決めたように見えた。

「よくわからんが、あの女を祓うには『女神下ろし』とやらが必要で、それにはあんたとセックスする必要があるわけだ」

「……そうです」

紬はそっと目を伏《ふ》せながら答える。

「あんたは、いつもそういうことしてんの？」

「この儀式《ぎしき》をするのはあなたが初めてです」

紬の言葉に、友朗は呻《うめ》くようにマジか、と呟《つぶや》いた。

「あんたはいいのか。こんな、ろくに知らない男に抱かれるなんて」

「お役目ですから」

女神の力を持って生まれた者の役目。

「ですが、この儀式が必要だとする判断は僕が行います」

「ふーん……」

でもさ、と彼は続けた。

「男同士だと、そんないきなりヤるってわけにもいかないんじゃないの？　準備とか必要だろ」

「それは……」

紬は言いよどむ。顔が熱くなるのがわかった。

「ここに来る前から、自分で出来ることはしてあります」

「え」

少しの沈黙《ちんもく》が流れる。

「んんと、それって……」

「言わないといけませんか」

紬とて羞恥心《しゅうちしん》はある。これ以上は言わせないで欲しかった。

「あなたのほうこそ、大丈夫ですか」

「何が」

「できるんですか。僕と。そういうことを」

確認するために、一言一言を区切るようにして告げる。彼は少し驚いたような顔をしたものの、次の瞬間、にっ、と口元を歪《ゆが》めるように笑った。その表情はひどく魅惑的《みわくてき》で、紬の鼓動《こどう》がどくん、と高鳴る。いけない。心を乱しては。未熟《みじゅく》な証《あかし》だ。

ここに来たのは祖母の命令でもあるが、紬はこの男のことは死なせたくないと思っていた。役目とはいえ自分の身体を預けるのには勇気がいる。けれどそれを押してでも、紬は儀式を成功させたい。それが何を意味するのか、紬自身にもまだわからなかった。

「あんた可愛いし、イケると思うけど」

「――――……」

直截《ちょくせつ》に告げられて、思わず目を逸《そ》らす。

「それで、あのさ、ひとつ頼みがあるんだけど」

友朗の言葉に紬は顔を上げた。

「今回の一連の流れのこと、動画に撮らせてもらっていい？」

「それは、インターネットにってことですか？」

「そう。もちろんあんたの顔は映さないし、エッチなことするってのも伏せる。そんなことアップしたらBANされかねないしな」

「バン？」

「アカウント剝奪《はくだつ》ってこと」

よくわからないが、そういうことなら紬に反対する要素はなさそうだ。

「僕と神社の名前も一切出さないでください。それなら」

「オッケー。もちろん」

その時、部屋の奥から物音が聞こえた。何かが落ちたような音だった。紬は立ち上がり、失礼します、と言って、迷《まよ》いのない足取りで奥の部屋に行き、ドアを開けた。

「そこは、物置に使ってる部屋だけど……」

床の上に置き時計が転がっていた。地震《じしん》も何もないのに、これだけが床に落ちるわけがない。

紬は口の中で小さく祝詞《のりと》を唱えた。

「干渉《かんしょう》が激しくなりつつあります」

「急いだほうがいいってことか」

友朗の顔は強張っていたが、その手にはしっかりカメラが握《にぎ》られていて、床に落ちた時計を撮っていた。

『女神下ろし』を伴《ともな》う『閨祓《ねやばら》い』は、その夜から行われることになった。


「お待たせしました」

浴室を借りた紬が身体を清め、白い浴衣《ゆかた》姿で寝室に現れると、友朗がベッドの上であぐらをかいて待っていた。彼は紬をまじまじと見てくる。

「……どうかしましたか」

「なんか、柄《がら》にもなく緊張《きんちょう》すんなって思ってさ」

紬は意外に思った。こんな、都会に住んで成功していて、容姿や才能に恵まれているような人でも、そんなふうに思うのだろうか。緊張するのは自分ばかりだと思っていたのに。

「僕もです」

「緊張している？」

「はい」

すると友朗は右手を紬の胸の上に当てた。きっと、どくどくという紬の鼓動が伝わっていることだろう。

「……マジだ」

紬は手を引かれ、上体が彼のほうに倒れ込む。

「あっ」

「……なんかさ、ただ除霊《じょれい》に必要だからってだけで、こんなことしたくないんだよな」

抱きしめられたかと思うと、くるりと視界が反転する。紬はあっという間にベッドに組み敷かれていた。

「するからには、楽しもうぜ」

唇《くちびる》が重なってきた。そんなことをする必要はないのに。けれど友朗は丁寧《ていねい》に紬の唇を吸《す》い、角度を変えて何度も合わせてくる。

「……っ」

紬はそれをどう受け止めていいのかわからない。ただ、唇を合わせるという感覚が、身体のほうまで影響《えいきょう》を及ぼしてくることを知った。全身がじんわりと熱くなって、息が乱れてくる。

「……んっ」

「……口、ちょっと開いて」

言う通りにすると、舌が入ってきた。びくりと肩が揺れる。友朗のそれで口の中を優しく舐《な》められているうちに、腰の奥がつきん、と疼《うず》いた。じわりと涙《なみだ》が滲《にじ》む。

「……これ嫌？」

紬は答えられず、首を横に振る。

「そ。じゃもっとしようか」

「んんっ……」

もう一度口を塞《ふさ》がれ、今度はもっと大胆《だいたん》に舌が動く。上顎《うわあご》の裏側を舐められると、背筋をぞくぞくと波が走った。

『女神下ろし』の指南書《しなんしょ》には、祓う側が感じる快楽《かいらく》が大きいほど力が大きくなると記されている。

その点で言えば、心配はいらないのかもしれない。むしろ紬のほうが初めての感覚に戸惑うばかりだった。

「んっ……、ん、う…っ」

「盛り上がってきた？」

本来は紬が友朗を助けるための行為のはずなのに、優しく扱《あつか》われてしまって少し悔《くや》しい。とは言っても紬が彼をリードすることなどできないのだが。

「ああっ」

胸元をまさぐっていた手に胸の突起《とっき》を探《さぐ》られ、乳首を摘《つ》ままれる。その途端《とたん》、身体がびくん、と跳ねた。巧《たく》みな指先でくりくりと弄《いじ》られると、甘い痺《しび》れが胸の先から身体中に広がっていく。

「ん――――…っ」

「気持ちいい？」

反応する紬に友朗が優しげな響《ひび》きで問いかけてくる。紬は恥ずかしくて真っ赤になった。早く済ませて欲しい、とも言えない。紬自身が本気で感じないといけないのだから。

「気持ちよくならないといけないいんだろ」

彼は指南書のその部分にしっかりと目を通していたらしい。

「俺、がんばるからさ」

「ん、や…っ、あ、あっ！　んっ！」

胸の突起に舌先が絡《から》みついた。経験したことのない刺激がじわじわと身体に広がっていく。それは手足の先まで簡単に侵《おか》していった。

「そ…んな、っ、あっ」

友朗は執拗《しつよう》にその小さな突起を転がした。その度に、紬の肢体《したい》が、ぴく、ぴく、とわななないていく。

「乳首、好き?」

「……わ、わからな…っ」

紬がやっとの思いで答えると、友朗が忍《しの》び笑うような気配が伝わってきた。

「じゃあ、わかるまでここ、虐《いじ》めないとな」

「んゃあっ、あっ、あ…っ!」

乳暈ごとしゃぶられ、強く弱く吸われて、身体の中がかき回されるような感じがする。腰の奥がずくずくと疼いた。責められているのは乳首なのに、下半身にはっきりと快感が伝わってくる。こんなことが。

「う、あ、あぁぁ…っ、あっ、あっ!」

たまらずに大きく仰《の》け反《ぞ》った。だがそうすると胸を友朗に突き出してしまうような格好になり、紬の小さな突起はさんざんにねぶられる。朱《あか》くなり、ぷっくりと膨《ふく》らんで、その存在を主張するほどに尖《とが》ってしまった。

「紬……、可愛いな」

「あ、ぁ……っ」

ふいに耳元で名を呼ばれ、下腹の奥が切なくなる。

「ま…待って、まってくださ、あ…っ！」

こんなのは想定外だった。紬は恵まれた才能を持ち、祖母の指導で正しい霊能力《れいのうりょく》を身につけた。これまで様々な霊を見てきたが、手間の差こそあれ、それほど脅威《きょうい》だと感じるものには出会わなかった。それなのに、今生きている男によってこんなに乱されている。

「……どした？　なんか痛い？」

紬は首を横に振る。どう答えたらいいのかわからない。彼はそんな紬を見下ろすと、髪を撫でて口づけてくれる。まるで恋人にするみたいだと思った。

けれど彼は紬の力がなければ助からない。だからこんなふうにしてくれるのだと思った。

「……だい、じょうぶ、です。ちゃんと、できます」

彼を助けるために、受け入れなければ。それは力を持って生まれてきた紬の役目なのだ。

友朗はそんな紬を見下ろすと、親指の腹で乳首を撫で上げる。

「んく、あうっ」

「なるべく優しくするから」

確かに、彼の愛撫《あいぶ》は優しかった。けれど確実に紬の快感《かいかん》を引き出すような意図も感じられて、それに耐《た》えなければならないのがつらかった。

「あ、でもここ勃《た》ってるよ」

「んあ、あううっ」

脚の間のものをやんわりと握り込まれる。その途端、紬の身体にこれまでに感じたことのない刺激が込み上げた。彼はこちらの反応を窺《うかが》うようにしてゆっくりと肉茎を扱《しご》き上げている。恥ずかしいから、顔を見て欲しくはなかった。

「巫女さんてさ…、自分でしたりするの？」

「……っ、ん、ふ」

「教えてくんない？」

先端《せんたん》をくちくちと刺激され、腰が浮きそうになる。紬は必死で首を振ったが、友朗の舌先が耳の中に差し入れられ、頭蓋《ずがい》に卑猥《ひわい》な音が響いた。背筋がぞくぞくする。

「っ、あっ、あっ…！」

「ね、教えて？」

紬の理性が次第に薄《うす》くなり、体内で興奮《こうふん》が高められる。それと同時に自分の霊力も練られていくのがわかった。この状態が正しいのだ。

「た、たまに……っ」

「たまに？」

「どうしても、我慢できなくなった時、だけ……っ」

こんなこと、これまでしたいとも思っていなかった。ただ紬も男である以上、たまってくるものはある。そんな時は機械的に手を動かして排泄《はいせつ》していた。ただ役目が来た時のために、淡々《たんたん》と準備も行ってはいた。

（――それが、こんな強烈《きょうれつ》なものだったなんて）

「巫女さんにもどうしても我慢できなくなる時があるんだ？」

意地悪《いじわる》な言い方に涙目で友朗を睨みつける。すると彼は笑って「ごめん」と言った。

「あんたあんまり可愛いから」

つい虐めたくなる、と言われて、紬は困惑《こんわく》するしかない。友朗の手があまりに淫《みだ》らに動くので、紬はたまらずに彼の手を握って止めようとした。

「そ、そんなに、しないでっ……」

「んん？」

身体が芯《しん》から煮《に》えたぎってくる。はあはあと漏《も》らす息も熱い。

「もしかして、すごい感じてる？」

ずちゅ、と音を立てて肉茎が擦《こす》られた。

「んはあぁあっ」

紬の口からあられもない声が漏れる。腰が、びくんっと跳《は》ねた。

「気持ちいいんだ。いいじゃん、イきなよ。でもイく時はイくって言ってな」

「くっ、くぅうんん…っ」

堪《こら》えきれない刺激の塊《かたまり》が下腹部から込み上げてくる。紬の先端《せんたん》からは透明な愛液が溢《あふ》れ、友朗の手を濡らしていた。

「裏筋とか、先っぽ、やばいでしょ」

「あっ、あっ！　は、やぁあぁ…っ」

鋭敏《えいびん》なところをくすぐられ、両脚がびくびくとわななく。もうイってしまいそうだった。それなのに、友朗は紬が達しそうになると、やんわりと肉茎の根元を戒《いまし》めてくる。

「っそれっ、それ、やだっ…！」

「イきたい？」

問いかけられて何度も頷く。友朗はにやりと笑うと、根元から牛の乳でも搾《しぼ》るように扱き上げてきた。

「んっ、んんっ！」

許容量を軽く越えた悦楽《えつらく》。紬の腰が無意識にがくがくと揺れる。強烈《きょうれつ》な愉悦《ゆえつ》に頭の中が真っ白になった。

「んぁっ、あうう――…っ！」

我慢できない快感に涙が滲む。全身が、びくん、びくんっと震え、紬は友朗の手の中に白蜜《はくみつ》を吐き出した。

「ふ、あ……っ」

「いっぱい出たじゃん」

友朗の手を白く汚《よご》す自分が出したものを見て、恥ずかしさにいたたまれなくなる。だが彼はそれを拭《ぬぐ》うどころか、そのまま紬の後ろを押し開いてきた。

「あ、あっ……！」

「どれ、どんだけ慣らしてきたんだか、お兄さんに見せてみ」

彼は軽口を叩きながら、指を紬の後孔に差し込んだ。肉環がこじ開けられ、つん、とした刺激が込み上げる。

「う、う…っ」

自分で準備していた時には感じなかった快感が生まれて困惑する。こんなのは知らない。

「う、嘘だ…っ、こんな…っ」

「楽にしてな。息は止めるなよ」

そう言われても、どうすれば楽なのかわからない。友朗の指は内壁を慣らしながら少しづつ奥へと進んでいく。

「ふーん…、ま、指が入るだけマシか……」

にちゅ、にちゅ、と卑猥な音が響く。大きく割られた足の爪先《つまさき》はぶるぶると震えていた。異様な感覚に足の指が広がったり、ぎゅうっと丸まったりしている。

「は、はあっ、はあっ、あっ……」

「ちなみに、弱いとこって見つけたりした？」

「……っ、な、にっ…？」

友朗の言っていることがわからず、紬は首を横に振った。

「じゃあ、俺が探してやるよ」

指の動きが探るようなものに変わる。ぞくん、とした波が背中に広がる感覚に耐えていると、ふいに内奥が激しく収縮《しゅうしゅく》を繰り返した。同時に込み上げる、何か強烈な快感。

「ん、ああっ⁉ は、あ、そ、そこっ……！」

「このへん？」

「っい、いい、やあっ、だめ、だ、あっ、そんなっ……！」

その部分を指で強く押し潰《つぶ》されたり、擦られたりすると、体内が燃えるような愉悦が湧き上がってくる。それは紬の脳をあやしくかき乱していった。

「友朗…さっ…、それ、やだ、やだっ…！」

これまでどんな怪異に対しても冷静さを失わなかった紬が、たまらない快感に取り乱している。こんな自分は想像したこともなかった。

「めっちゃ可愛いな、あんた…。ほら、ここ、ぐっぐって、押されんの気持ちいいだろ」

「ひう、んぅうんっ……！」

あられもない、媚《こ》びた声が紬の口から漏れる。身体が熱くて、ぼうっとして、どこかふわふわしていた。体内の彼の指をきゅうきゅうと締める毎《ごと》に、もっと大きなものを欲するように下腹が疼く。

「……挿《い》れていい……？」

どこか上擦《うわず》ったような彼の声。それを聞くだけで、紬は達してしまいそうになった。

「んっ、んう…っ、い、れて、い……っ」

「そ…、んじゃ、遠慮《えんりょ》なく」

紬のすんなりとした足が持ち上げられ、受け入れる体勢を取らされる。

「……っ」

指で拡げられた部分がひっきりなしに収縮を繰り返した。今から彼のものを受け入れるのだ。

『男の陽物を受け入れることは大事なこと。体内に精を注《そそ》がれることで女神の力を安定させる』

指南書に記された一文を頭に思い浮かべて、紬は唇を噛《か》みしめた。さらなる力を得るために必要なこと。

「んん、うあっ」

先端を押しつけられ、肉環が、ぐぐっとこじ開けられる。指とは比べものにならないほどの質量と熱に勝手に声が漏れた。

「……あ、あああぅう…っ！」

内奥に押し入れられる逞《たくま》しい男根。紬の肉体はそれを受け入れ、奥へと導いていった。熱い棒で曝《あば》かれる毎に脳天まで快楽が突き抜ける。

「や、あっ、そんなっ……！」

（こんなに気持ちいいだなんて）

頭の下の枕《まくら》を、ぎゅうっと握りしめ、紬は友朗の身体の下でびくびくとわなないた。待ち望んでいたそれを包み込んで締めつける。

「うっ、お、お…？　何だ、これ」

友朗も紬の内部の様子に驚きを隠せないようだった。

「すげえ、イイんだけど……!?」

友朗の感嘆《かんたん》するような言葉に紬は答える余裕がなかった。彼がほんの少し腰を動かす度に内壁が引き攣《つ》れ、そこから熔《と》けるような快感が襲ってくる。紬の内部はどこまでも貪欲に友朗を呑み込むようだった。彼の男根の形を味わい、その固さを愉《たの》しんでいる。

「紬っ……！」

友朗が紬の名前を呼んだ。口を塞がれ、舌を吸われて、紬は甘く呻《うめ》く。友朗の腰の動きが紬を屈服《くっぷく》させようとより攻撃的《こうげきてき》なものになった。ゆっくりと腰を引き、それからまたゆっくりと腰を沈めていく。ずろろっ…と内壁が擦られていく度、身体中が快感に包まれた。

「あ…っ、あ――…っ！」

「なあ、これ…、さっきのとこも抉《えぐ》られて、イイだろ」

彼が前後に動く毎に、その張り出した部分がさっきの弱い場所に当たる。そこをひっかけるように抉られて、紬は何度も背中を仰《の》け反《ぞ》らせた。

「は…っ、はあ…っ、あ、ああっ、や、ん――…っ！」

その繰り返しに耐えられず、紬はとうとう達してしまう。後ろでイったのは初めてだった。腹の奥から快感がじゅわじゅわと溢れ出し、広がり、紬を駄目《だめ》にしてしまう。引き締まった下腹を波打たせ、股間の肉茎から白蜜が噴《ふ》き上がった。

「あ、くうう――～～っ」

「お、イった？」

友朗は額《ひたい》に汗しながら、獰猛《どうもう》な表情でにやりと笑う。

「いいよ、もっとイって……」

「あ、ああっ！　ま、待って、まだ、ダメっ…！」

達している最中も構わず抽送《ちゅうそう》を続けられ、紬は息も絶え絶《たただ》えに喘《あえ》ぐ。あまりの快感に啼泣《ていきゅう》し、いやだ、だめ、と否定の言葉を漏らす。

「ほんとにイヤ？　……そうじゃないだろ？」

優しい言葉の響きだが、その動きは容赦《ようしゃ》がない。快感に耐えきれず逃げを打とうとする身体を押さえつけられ、深く打ち込まれる。

「んぁあっ！　あっ……！」

また達したような気がした。身体の奥から断続的に込み上げる絶頂感が紬の理性を失わせる。紬の下腹は自らが放った白蜜で濡れていた。友朗のものをぐっぽりと咥《くわ》え込み、肉環の縁《ふち》をひくひくと震わせている。

「……またイく？」

「んん、あ、んううっああっ…、あ、いくっ、またイくうう…っ！」

「いいよ、俺も…そろそろやばい」

友朗の律動《りつどう》が速く、深くなる。

「ああああっ」

必死でかぶりを振りながら紬はよがった。一際《ひときわ》大きな波が体内から湧《わ》き上がってくる。友朗の先端が弱い場所を、ぐりっと抉《えぐ》って、その瞬間、思考が真っ白に染まった。

「ふあぁあっ、──〜〜っ」

「くっ……！」

内奥に熱いものが迸《ほとばし》る。彼の、友朗の精だ。それを受け止めた時、紬は自分の持つ力が広がったのを感じた。

「は、あ……っ、んんん……っ」

激しすぎる余韻《よいん》の中、急激に訪れる睡魔《すいま》に抗《あらが》えず、紬は意識を手放した。


誰かが泣いている。紬は夢の中でその声を聞いた。

家の中で、小さな男の子が泣いていた。子供にありがちな感情が爆発《ばくはつ》したような泣き声ではなく、しくしくとした小雨《こさめ》のような悲しげな声。それは幼い頃の紬自身だった。

『どうしても預けなければならないのか』

『ええ、そうよ。神社にいるお祖母ちゃんのところに。そういう決まりなんだもの』

『しかし、紬は俺達の子だぞ』

『でも、私はもう嫌なの。限界なのよ！』

疲《つか》れたような顔で首を振っているのは紬の母親だった。彼女らは紬を親戚にあたる祖母のところへ預ける相談をしている。

紬が、普通の子供ではないからだ。

『あの子が幼稚園でどんなふうに言われているか知ってる？　この間も、幼稚園に幽霊がいるって言って、それで騒《さわ》ぎを起こしたの。そしたら、本当に事故が起こって』

幼稚園の裏手には小高い丘があり、そこには小さな祠《ほこら》があった。ある日、ここの幼稚園の園児がその祠の周りで遊び、悪ふざけをして祠を壊してしまう。異常はその後から始まった。園の校庭に、落《お》ち武者《むしゃ》姿の人影《ひとかげ》が立つようになる。それが見えたのは当時の紬だけだった。先生に訴えても本気にしてもらえず、それどころか叱《しか》られるだけだった。

だが、紬には見えていたのだ。その落ち武者は刃《は》こぼれた刀《かたな》で遊具の足下を何度も斬《き》りつけていた。このままでは大変なことになる。けれどその時の紬はあまりに無力で、霊を祓う方法も知らなければ、自分の話を信じてもらうこともできない。

そしてある日、その事故《じこ》は起こった。

園児達が鈴《すず》なりになった遊具が突然、側にいた園児もろとも倒れ、複数の怪我人《けがにん》を出してしまったのだ。

紬の言っていることは正しかったのに、先生や友達、そしてその親たちは紬を責めるような目で見た。保護者会が開かれ、ヒステリックになった園児の親は紬の母親を糾弾《きゅうだん》する。母にも、もちろん紬にも責任などあるはずがない。だが自分の子供が怪我をしたという事実に、誰もが何かのせいにしたかった。

紬は孤立《こりつ》し、先生達もどう扱っていいのかわかりかねているようだった。そんな折《お》り、話を聞きつけた祖母の敬子が、紬を神社の隠し巫女として育てたいと言ってきたのだ。

『お母さん……。僕、ここから出ていかなきゃいけないの？』

母は泣き腫《は》らして真っ赤になった目で紬を見た。けれど、その瞳の奥には隠しようのない恐怖が滲んでいる。

『ごめんね。お母さんじゃ紬のこと育てられないの』

その時、紬は悟《さと》ってしまったのだ。

自分の存在はここにあってはいけないものなのだと。

『紬は普通じゃないから、特別な力を持つお祖母ちゃんが面倒みてくれるのよ』

紬は肩を落とし、わかった、と返事をした。

(僕がいけないんだ)

こんな力を持って生まれてしまったから。

せめて最後に、母親に抱きしめて欲しかった。

けれどすっかり怯《おび》えてしまった母親は、そして父すらも、紬を抱きしめてくれることはもうなかった。

「――――」

(昔の夢なんて、久しぶりに見た)

もう何年も経つというのに、この夢を見た時はいつも泣いてしまう。この日もこめかみに残る涙の痕《あと》を拭って、紬は起き上がろうとした。だが、いつもと様子が違う。

そこは自分がいつも寝起きしている和室ではなかった。

寝ているのは布団ではなく広いベッドで、白と黒でまとめられたシックな寝室だった。カーテンの向こうからは都会の朝の気配が伝わってくる。

友朗の姿はここにはなかった。部屋の外から気配はしているので、先に起きて活動しているのだろう。

（ああ、そうか）

自分はあの神社から東京に出てきたのだ。厄介な呪いに憑かれた男を助けるために。そして自分の中の女神の力を活性化させるために、その男に抱かれたのだ。

――あんなことになるなんて。

それは苛烈《かれつ》な体験だった。

指南書でそのことを読んだ時は、驚きはしたものの、そういうものなのか、と思っていた。子供の時から他人との触れ合いが極端《きょくたん》に少なかった紬は、人と肌を触れ合わせるということが、どういうことなのかよくわかっていなかった。

昨夜《ゆうべ》は結局、何度達してしまったのだろうか。

紬はベッドの中で手足を伸ばしながら自分の中の気を探ってみる。修行を始めた時、祖母に

『自分の中の力の存在を常に意識しろ』と教えられた。確かに、力を使おうとする時、体内に異なる気の存在を感じる。それが力の源《みなもと》なのだと言われていた。今、それが確かに強く、はっきりしたものになっている。それから自分とは違う存在の気配。それは友朗のものだ。彼が紬の中に吐き出したものが気となって残っている。

「起きたか？」

その時、寝室のドアが開いて友朗が顔を出した。

「起きたんなら、朝飯用意したけど食えるか？」

「あ…、はい、ありがとうございます」

「シャワー浴びてからでいいよ」

お言葉に甘えて、紬は朝食の前にシャワーを使わせてもらうことにした。湯の出し方に手間取りながらも熱いシャワーを浴びる。身体を洗うとスッキリした。

「簡単なもんで悪いけど。もしかして、米のほうがよかったか？」

テーブルの上にはトーストとサラダ、ハムエッグにウィンナーといったものが並んでいる。確かに神社では和食が多かったが、特にこだわりはなかった。

「いえ、なんでも大丈夫です」

「ならよかった。腹減ってるだろ？」

確かに空腹だった。紬は席につくと、トーストにバターを塗《ぬ》って囓《かじ》る。朝食にパンなんて久しぶりだった。

「飲み物は？　オレンジジュースとかコーヒー、紅茶でも」

「あ…、では、オレンジジュースを」

「ほい」

「すみません」

神社ではいつも緑茶だったので、つい普段飲まないものを頼んでしまった。グラスに注がれたオレンジジュースは、甘酸《あまず》っぱくて冷たくて一気に半分も飲んだ。友朗は小さく笑って、グラスにジュースを継ぎ足してくれる。

「今日、これからどうする？　何かしなきゃいけないこととかあるか？」

「いえ、これと言ってありませんけども」

「例の女、近くにいる？」

紬は意識を拡げて探ってみた。

「今は近くにはいません。マンションの側にも」

「今は、かあ……」

「また側に寄ってくるかもしれません。でも僕が近くにいれば大丈夫です」

「あんたすげえんだな」

友朗は感心したように言う。その時、紬はテーブルの上にカメラが置いてあることに気がついた。おそらく撮影しているのだろう。顔は映さないと約束してくれたので、そのまま何も言わなかった。

「すごい、とは自分で思ったことはないです」

「だってレアな能力だろ？　誰にでもできることじゃねえし」

「望んで手に入れた力ではないので。でも祖母には感謝しています。力の使い方を教えてくれましたから」

あのままでは紬は、大きすぎる力によって自滅《じめつ》していたに違いない。そんな紬を引き取って、祖母は厳しくはあったが、礼儀作法から能力の使い方まできっちりと教育してくれた。

「まあ、あんたを見てると、ちゃんと躾《しつ》けられたんだろうなってのはわかるよ。なんか品があるもんな」

そんなふうに言われると戸惑ってしまう。

「で、だ」

そこで友朗はカメラを操作した。電源ランプとおぼしき緑の光が消える。

「まだやらなきゃならないんだろ？」

昨夜のようなことを。

「……そうです」

祓いのためというのもあるが、彼との交合は紬のほうでも必要だった。より強い力を定着させるための陽の力。性行為はまさにその陽の力に当てはまる。

「昨夜はすっげーよかったから、俺としては全然ＯＫなんだけどさ」

生々《なまなま》しい記憶が思い起こされ、紬は思わず赤面した。

「そういうことでいいの？」

「……はい」

ろくに知らない男と寝なければならない。そのことはずっと前から覚悟していた。けれど、いざその場面になると、想像していたものとはまるで違う心持ちになる。

こんなふうに、胸を摑《つか》まれるような、目が離せなくなるような気持ちになるだろうか。

（心を乱すのは、修行が足りない証拠《しょうこ》だな）

自分のような存在が生きていくには、こうしていくしかないのだ。

そんなことを思う紬を友朗はじっと見つめていたが、やがて話題を変えるように言った。

「俺は今日、仕事の用事でちょっと出かけたいんだけど、一緒に来る？」

「お邪魔でないのなら」

「全然いいよ。ていうか一緒に来て欲しいんだ。まだちょっと怖いからさ」

正直な気持ちを吐露《とろ》する友朗は好感の持てる男だった。紬は思わず笑みを漏らす。

「笑うと可愛いじゃん」

「からかわないでください」

「からかってねえし」

友朗は楽しそうだった。呪いに付き纏《まと》われ、恐怖を感じつつも明朗《めいろう》さを失わない。彼のチャンネルには非常に多くの登録者がいるらしいが、さもありなんと思った。彼自体が魅力的《みりょくてき》なのだ。話し方も明快《めいかい》で人に好感を与える。

朝食をいただいたので、後片付けは紬がやる。その間、友朗には出かける準備をしてもらうようにした。

車に乗って出かけるというので、紬は彼と一緒に駐車場まで行き、助手席に乗った。友朗がエンジンをかけ、サングラスをかける。

紬は東京の都心をほとんど知らない。幼稚園の途中から祖母と二人きりで山奥の神社で暮らしていた。生活必需品などは祖母が車で買いに行くか、麓《ふもと》の商店から配達が来る。

「――――……」

それはこれまで見たことのない人の波と、色と光と、様々な形の建物だった。

山に囲まれた地で暮らしてきた紬にとっては、視覚から受ける刺激が強く、窓の外から見える景色に思わず釘《くぎ》づけになる。

「こっち来たの初めて？」

「生まれは大宮ですけど、幼稚園の時に神社に預けられたから」

「ふうん」

「人も、車も、たくさんですね」

間抜けた感想を漏らしたが、友朗はふいに問いかけてきた。

「なあ、こんだけ人がいると、やっぱ見えるものも多くなんの？」

「霊のことですか」

「そ」

「今は、見えないようにしているので」

「マジで。そんなことできんのか。すげー」

「けれど、闇の深い場所はわかります。特に夜になると」

ビルの間の暗がりや、公園などの木立《こだち》の奥。そんな場所にはゆらゆらと何かが蠢《うごめ》いているのがわかる。

「……大変なんだな」

「もう慣れました」

物心ついた時から、『見える』のが紬の日常だった。あの世とこの世の狭間《はざま》はすぐ近くにある。

友朗の運転する車は、とあるビルの駐車場に入り、彼についてエレベーターに乗る。新しいきれいなビルはとても近代的だった。

「うっす」

「おつかれ。…ん？　どうしたその子？　新しいモデル？」

部屋に入ると、パソコンに向かっていた洒落《しゃれ》た印象の男が、友朗の後ろにいる紬を見て言った。

「いや、違う。ちょっと訳ありでさ。しばらくついてきてもらってるの」

「ん？　動画の企画かなんか？」

「そんな感じ」

友朗はどうやら紬のことは内緒《ないしょ》にしているようだった。こちらとしても霊能者だと言われて珍獣《ちんじゅう》のように見られるのは、遠慮したいのでありがたい。

「俺、中田《なかた》。友朗君の会社のスタッフです」

黒いTシャツに顎髭《あごひげ》を生やした男は気さくに話しかけてきた。

「鶴杜紬です」

「へえー、可愛いじゃん。まじでモデルじゃないの？　試しに写真とってみない？」

どうやらここは服を作る会社らしい。そう言えば、配信以外にも事業をやっていると聞いたような気がした。

「おい、あんまりちょっかいかけんな」

「けど、この子もったいないくね？　素材いいのに服地味《じみ》だし」

「ああ、まあなあ……」

田舎《いなか》っぽいと言いたいのだろうか。確かにそうかもしれないが、それは仕方がない。神社にいる時は大概《たいがい》、巫女服で、おしゃれをしたいという気持ちもなかった。

「よかったら、うちのブランドの服着てみないか？　プレゼントするから」

「え、でも、そんなわけには……」

びっくりして遠慮したが、友朗は奥から何枚かの服を取り出してきて、着替えてみろと渡す。

「いいから。世話になってるからさ。気にいらなかったら返してくれていいから」

「あ……、ありがとうございます」

そう言われては断り切れず、パーティションの奥で着替える。袖《そで》を通してみると、それは意外にしっくりと馴染《なじ》んだ。カジュアルなＴシャツにパーカー、それとワークパンツというものだったが、着心地《きごこち》がいい。

「お、いいじゃん」

出てきた紬を見て、彼らはそんなふうに言った。

「スタイルいいから似合うな。ちょっと写真とってもいい？」

「えっ、でも……」

中田の申し出に、紬は困って友朗を見る。

「紬が嫌でなければ。ポーズはこっちで指定するから、普通にしてていいよ」

「そういうことなら……」

服をもらってしまったし、写真くらいは構わないだろう。そう思って頷くと、非常階段に案内された。中田がカメラを構える。

「目線こっち。ちょっと腰捻《ひね》って。手は手すりに……、そうそう」

紬は必死で言われた通りにポーズをとった。十五分くらいだろうか。撮影は終わり、紬はふう、と息を吐き出す。

「おつかれ。よかったよ」

「それならいいですけど……」

自分の写真などを撮ってどうするのだろう。

「これ、サイトの宣材《せんざい》に使っていい？」

「ネットに載せていいかってこと」

「……ネットですか」

「困る？」

友朗に聞かれ、紬は少し考える。隠し巫女と言っても、別に顔を隠しているわけではない。そう簡単に相談は受けられないというだけだ。しかも巫女の格好をしているわけだし、この姿の自分を誰も鶴神社の巫女だとは思わないだろう。

「いえ、大丈夫です」

「ほんと？　サンキュー」

中田は嬉々《きき》としてカメラのデータを確認した。

「じゃ、そろそろ打ち合わせしようぜ。この後行くところあんだよ」

「へいへい。忙しいんだな」

紬はドリンクを与えられ、二人から少し離れたところで座っていた。未知の体験に、心なしか気持ちが上擦っている。

小一時間もしたところだろうか。椅子《いす》がガタガタと動く音がして、友朗が現れた。

「お待たせ。行こうぜ」

「わかりました」

「紬君、写真ありがとうね」

「いえ、こちらこそ服をありがとうございました」

ぺこりと頭を下げ、友朗と一緒に部屋を出た。

「そう言えば、この後どこかへ行くって言ってませんでした？」

「うん、そう」

友朗は運転席のドアを閉めながら言った。

「俺の友達にオカルト系の配信者がいるんだけど、そいつに会おうと思って。鶴神社のこともそいつに聞いたから」

「いい？」と聞かれ、紬は頷く。特に異論はなかった。

その配信者の名前はミナトと言った。彼は東京西部の一軒家《いっけんや》に住んでいて、黒縁眼鏡《くろぶちめがね》のどこか学者のような印象の男だった。

「よう」

「……お前、大丈夫なんか？　動画じゃなんかやばいことになってたっぽいけど……」

気遣わしげに友朗を見たミナトは、側にいる紬に気づく。

「……彼は？」

「鶴神社の隠し巫女」

「へ⁉」

ミナトは紬を見て間の抜けた声を上げる。それもそうだろう。巫女と言ったら大抵は女だと思う。

「鶴杜紬です」

「あ…、あ、どうも。ミナトって呼んでください」

「事情を話すから、入れてくれねえか」

そこでミナトは初めて気づいたように二人を家の中に入れてくれた。居間に通され、ソファに腰を降ろす。

「エスプレッソ、大丈夫？」

ミナトが紬に聞いてきた。エスプレッソは、確かコーヒーの苦いやつだ。

「すみません、ミルクとか入れていただけると……」

「了解。じゃラテね」

「俺も！」

隣で友朗が遠慮のない調子で声を上げる。やがて部屋にコーヒーのいい香りがして、カップに注がれたラテが出てきた。

「ラテアートとかしねえの？」

「できるか、そんなもん」

気兼《きが》ねのない調子で会話をする彼らを目の当《ま》たり《あ》にして、自分にも同い年くらいの友達がいたら、こんなふうに言葉をやりとりできるのだろうか、と考える。だが、あの神社にいる以上、無理な話だ。

「お前が教えてくれた鶴神社に行ったよ」

「…で？」

「最初に会った神職さんに、自分じゃ祓えないってすぐに言われた」

「マジかよ」

「で、紹介されたのが彼」

「巫女さんじゃなかったのか？」

「少し事情があって……」

紬は簡潔《かんけつ》に理由を話す。ミナトは大層《たいそう》驚いたようだった。

「このことは、動画とかで話さないようにしてくれな」

「ああ、わかった」

で、とミナトは誰にも聞かれていないのに声を潜《ひそ》める。

「呪いのほうはどうなんだ」

「どうにかなってるよ。まだ対応中だけどな」

「それは、彼が？」

ミナトが紬に視線を寄越《よこ》した。

「ああ」

そのために自分達がセックスをしたということは、彼は黙っていてくれた。気遣ってくれているのかなと、ふと思う。なんだか面映《おもは》ゆい気持ちになった。

「お前には色々アドバイスもらったから、一応報告しとこうと思って」

「そっか…、いやまあ、俺は隠し巫女と会うことができてラッキーだよ。ちょっと想像とは違ってたけど」

それに関しては紬も苦笑するしかない。ミナトは話のわかる感じのいい男で、彼も配信者だけあって話術が巧みだった。

「で、さ、紬さんに聞きたいんだけど」

「はい？」

「動画の企画で心霊スポットとかに行った時、どうすれば安全かな」

その話か、と紬は小さくため息をつく。

「まず前提として、そういった場所に行くのはお勧《すす》めしません」

「う～～ん…、それはそうなんだけどさ。うちはオカルトチャンネルだし……」

困ったように言うミナトに、友朗も苦笑していた。

「藪《やぶ》の中の蛇《へび》をつつきに行くようなものです。浄化《じょうか》できていない魂《たましい》の中には、善悪の区別がつかなくなっているものもあります。それに触れるのは非常に危険なんです。……友朗さんみたいに」

「けど、俺らも一応仕事で行ってるわけなんだよ。真面目《まじめ》にやってるんだ」

友朗の言葉にミナトも、うんうんと頷く。紬はしばし考えて言った。

「そこにいるものたちに敬意を払ってください。他人の家にお邪魔する時と同じように」

それでもどうしても障《さわ》りがあった時は、と紬は続ける。

「すみやかに、しかるべきところに相談するべきです」

「わかった」

頷く友朗とミナトを見つめ、紬は呟《つぶや》いた。

「僕からすれば、普通に生活していれば関わらないで済むものに、どうしてわざわざ触りに行くのかが不思議《ふしぎ》です。覗《のぞ》いて何か得られる世界ではない」

知らないで生きられれば、紬も今頃は普通の人生を送っていただろう。今が不幸だとは思っていないが、せめて両親のもとで成長する道はあったのではないだろうか。

そんなふうに告げる紬を、友朗が何か言いたげに見つめていた。


「――――なんか、傷つけちまったかな」

「え？」

帰りの車内でハンドルを握る友朗が、ふいにそんなことを呟いてきた。

「何がですか？」

「あんたが今、隠し巫女をやっていること、多分、やむにやまれぬ事情からなんだろうなって思った」

「……」

彼は想像力が豊かだ。おそらく紬の境遇《きょうぐう》からそう察したのだろう。

「同情ですか」

「どうなんかな。うーん、多分違うな。でも、苦労したんだろうなとは思う」

「……自分の力をコントロールできるようになるまでは、確かにそれなりには大変でした」

神社は神域だから、たいていの悪いモノは入ってこれない。だが時折《ときおり》それをすり抜けて来るモノもいる。それはまだ未熟《みじゅく》な紬に容赦《ようしゃ》なく縋《すが》りついてきた。肉体的にも未成熟《みせいじゅく》だった紬は、熱を出し、嘔吐《おうと》に苛《さいな》まれることもあった。

「けど、今の僕はもう大丈夫です。友朗さんが気にすることはありません」

「……そっか」

もうすぐマンションに着く。その時ふと、交差点の奥に黒い影を見た。友朗に憑いている女だ。だいぶ遠ざかったがまだ祓いが必要だ。紬は拳《こぶし》を握りしめた。

「……友朗さん」

「うん？」

「今、あの女がいました」

友朗が一瞬押し黙る。

「マジかよ」

「はい。……それで」

今度は紬が口籠もった。

「まだ……必要なんです」

「ん？　何が？」

友朗はよくわからなかったようだったが、紬が言いにくそうに俯《うつむ》いたことで気がついたらしい。彼もまた妙《みょう》に慌《あわ》てたような口調で言った。

「あ、おう！　あれな！　任しとけ！」

「すみません。お手数おかけしてしまって」

「いや、全然。むしろ俺は楽しいって言ったろ。……紬も楽しくなるようにがんばるから」

紬は思わず赤面する。

「娯楽《ごらく》でするわけじゃありません」

「けど、どうせするなら楽しいほうがいいだろ？」

彼の、どこまでも前向きな思考に、紬はため息をつきたくなる。自分もこんなふうに考えられたらどんなにいいだろう。この男の存在が眩《まぶ》しかった。

日が沈み、空が橙色《だいだいいろ》に染まる頃、車はマンションの敷地内に滑《すべ》り込んだ。


「……つまり、紬が気持ちよくなればなるほどいいわけだろ」

淡《あわ》い間接照明に照らし出された寝室で、長い口づけを終えた友朗がそう呟いた。

「昨日の今日で、だいぶ覚えたんじゃね？」

彼の手が肌を滑る。確かに、友朗の掌《てのひら》で撫でられたところがじんわり熱くなるような気がした。昨夜よりも感じやすくなっている。

「……っ」

紬は吐息を震わせた。昨夜、初めて彼に抱かれた時から自分の中に広がる新たな力。それが今は形を変え、友朗の愛撫を待ち望んでいる。紬は自分の肉体が内側から変質していっているのを自覚した。それは女神の力を使いこなすには必要なことだった。

「んん、ああっ」

もう尖っていた乳首を指先で転がされて、紬は甘い声を上げる。くりくりと弄《いじ》られると、全身が痺《しび》れていくようだった。声が勝手に出てしまう。

「可愛い乳首」

「んっ、ふあっ、あああっ……」

紬の胸に顔を埋《うず》めた友朗が舌先で突起を転がす。しゃぶられ、吸われて、思わず腰が震えた。

「気持ちいい？」

「ん、ふっ、……っ！」

素直にこくこくと頷いてしまう。乳暈に焦らすように舌を這《は》わされると、下腹の奥が切なく疼いた。首を横に振り、シーツを握りしめる。

「は、ぁ…っ、どう、して…っ」

「焦《じ》らされると興奮するだろ？」

友朗の言う通りだった。もどかしい愛撫はじわじわと紬の性感を蝕《むしば》み、早くして欲しいとねだってしまいそうになる。脚の間のものが隆起《りゅうき》し、苦しそうに張りつめていった。そこを太腿《ふともも》で一度だけ擦られ、びくん、と下肢が震える。じぃん、とした快感が腰骨を舐めていった。

「あっ、あっ……」

「今度は、こっち…」

もう片方の乳首の乳暈に舌を押し当てられる。薄く色づいた部分をくすぐるように舐められ、紬はたまらずに身悶《みもだ》えた。

「やあ、あ…っ、も、そん…なっ」

快楽を覚えたばかりの身体にそんな愛撫は酷《こく》というものだった。

「乳首舐めてって言って」

「っ、……っ！」

そんなこと言えるはずがない。

「な、んで、そんなこと……っ」

「なんか、あんた見てると意地悪したくなって」

悪びれもなく友朗は言う。その上目遣いの表情を目にして、紬の内奥がきゅううっと収縮《しゅうしゅく》した。胸の内側がかき立てられるような思いに駆《か》られる。紬はぎゅっと眉《まゆ》を寄せ、わなわなと震える唇を開いた。

「な、舐めて…っ」

「どこを」

「ち、乳首、舐めてくださ…っ」

請《こ》われるままに卑猥な言葉を口走る。すると友朗が大きく呼吸をする気配がした。次の瞬間、彼は紬の乳首に口をつけ、音を立ててしゃぶりあげる。

「ああっ、あああっ」

突然与えられた強い刺激は紬に嬌声《きょうせい》を上げさせた。ぷっくりと尖った突起は強く弱く吸い上げられ、時折、軽く歯を立てられる。

「んぁあっ」

噛まれる度に紬は悲鳴を上げた。頭の芯が焦《こ》げつきそうなほどに興奮が込み上げてくる。もう片方も指で押し潰《つぶ》すように愛撫され、快感が胸の先から広がっていく。ふいに、腰の奥が、どくんっと脈打《みゃくう》った。

「んんあっ！」

我慢《がまん》できない愉悦《ゆえつ》が込み上げてくる。刺激されているのは胸なのに、脚の間にもはっきりとした快感が伝わってきた。

「あ、あ…っ、や…っ、も、もう、やめ…っ」

なんだかとんでもないことになりそうで、紬は彼の愛撫から逃れようとする。けれど逞しい腕に押さえつけられ、どうにもならなかった。むしろ身体から力がどんどん抜けていく。

「イく？　……イっていいよ」

そう言われて、紬は自分が乳首への刺激だけで達しそうになっていることに気づいた。

「そ、んな、あっ！　……んあっ、アっ、あっ！」

そんな恥ずかしいことしたくない、と思っているのに、肉体はどんどん高まっていく。刺激に膨らんだ突起を舌先で強く弾かれた時、紬の身体で快感が迸った。

「んん、くぅぅうんんっ……！」

びくん、びくん、と身体がのたうつ。異様な絶頂が全身を侵し、紬は脳がかき回されるような極みを味わった。

「あ…っ、んあ、は……っ」

快感がしつこく身体に残って、なかなか引かない。やっと口を離されて、外気に触れた乳首はまだ尖ったままだった。

「乳首でイったの、どう？」

「……知ら、なっ……」

友朗も答えは期待していなかったようで、小さく笑うと紬の火照《ほて》った頬《ほお》を一撫《ひとな》でしていった。

それからまた顔を伏せ、胸から下へ向かって口づけていく。脇腹《わきばら》から腰にかけて何度も指を這わされ、くすぐったさに身じろぎした。

だが、やがて両の太腿が大きく開かれると、ふと嫌な予感が頭を掠《かす》める。

「な、あっ、や、やめっ、そんなっ」

脚が持ち上げられ、内腿が左右に押し開かれる。紬の恥ずかしい場所がすっかり露《あら》わになった。そして友朗はその中心に顔を埋めていく。

「んあ、あぁああ…っ！」

下半身がカアッと灼《や》けつくような快感が走った。友朗が紬の股間の肉茎を自分の口に含《ふく》んだのだ。じゅる、と音を立てて吸われ、羞恥と快感で頭の中が真っ白になる。

「あ、うあぁっ、ああっ、や、そんな、こと……っ！」

まさかそんなことをされるとは思わず、けれど快楽には勝てなかった。彼の口の中でびくびくと震えるそれに、ねっとりと舌を絡められると腰が抜けそうになる。

「あっ、あっ、あ…っ！」

何度も喉を仰け反らせ、感じている声を漏らした。すると彼は紬のものをいったん口から出して言う。

「意外とできるもんだなあ」

「な、なに、ああっ…んっ」

裏筋に舌を這わせられ、舐め上げられて、鼻にかかった声が漏れた。自分からこんなに媚びたような声が出るなんて思ってもみなかった。

「男のもん咥えるなんて、絶対無理だと思ってたわ」

でもこんなこともできるし、と、彼は紬の先端部分の小さな蜜口に舌先を突っ込む。

「ひ、い…っ！」

鋭い刺激が、まるで電流のように身体を貫《つらぬ》いた。愛液を溢れさせながら、苦しそうにパクパクと開閉を繰り返すそこを、今度は優しく舐め回される。

「んあぁあっ、ああ…ああ……っ」

「気持ちいいだろ？　いっぱい舐めてやるからな」

「や、やあぁっ、や、舐め…ない、で…っ」

あまりに感じすぎて苦しいほどだった。それなのに、友朗はぴちゃりぴちゃりと音をさせながら紬の肉茎を舌で虐めてくる。

「…っあ、あっ…、ああ……うっ……」

裏筋が特に駄目だった。足先まで痺れるような快感に、紬の理性が次第に熔《と》けていく。ひくひくと腰が蠢《うごめ》き、漏れる声も恍惚《こうこつ》としたものに変わる。そして、また肉茎を根元まで咥えられた。

「ああぁあ…んんっ…！」

じゅるじゅると吸われ、気が遠くなる。喘ぐ口の端《はし》から唾液が滴《したた》り落ちていった。

「あ、ああ…っ、も、もう、だめ…っ」

このままではイってしまう。そうしたら、彼の口の中に出してしまうことになる。

「は、離し…っ、んぁああっ、で、出…る、出るからっ……！」

何度も訴えているのに、彼はいっこうに離してくれない。紬はなんとか我慢しようとしたが、射精を促すように優しく吸われ、とうとう達してしまった。

「んん、あ、くうんんん――――…っ！」

身体の芯が引き抜かれてしまいそうな快感。紬は啼泣しながら友朗の口の中に白蜜を弾けさせてしまう。そして友朗はといえば、それをためらいもなく飲み下すのだった。

「……っ、あ、なんで、そんな……っ」

彼がどうしてそんなことをしたのか理解できなくて、紬は激しく動揺する。友朗は少し眉を寄せていたが、すぐに平然と口元を拭った。

「いや、なんか、できるかなって」

「さ、最低だ……っ」

感情がぐちゃぐちゃになって、紬はひどく取り乱して友朗をなじった。力の入らない脚をばたばたと動かし、友朗を蹴《け》ろうとする。

「こら、大人しくしろって」

「あっ」

足首を摑まれ、また大きく広げられてしまった。

「こっちも舐めてやるから」

「え…っ、あっ、あっ！　んんあぁぁあ…っ！」

友朗が再び紬の下肢に顔を埋めた。しかし今度は股間のもっと奥、双丘を押し広げた奥の窄《すぼ》まりに舌が押しつけられる。

「んん、ああっ、ふあぁぁあっ…！」

ぬるり、と舐め上げられ、腰から背中にかけてぞくぞくと震えた。羞恥と快楽で抗《あらが》うことができない。

「めちゃくちゃひくひくしてる……」

「や、あ、あぁぁあっ」

とんでもないところを舐められているのに、そこから熔けていってしまいそうに感じてしまう。これも儀式による肉体の変化なのだろうか。

友朗は舌先を尖らせ、紬の肉環を指で拡げるようにして嬲《なぶ》ってくる。内壁がめくれ、僅《わず》かに露出《ろしゅつ》した珊瑚色《さんごいろ》の壁を唾液で濡らされると、下腹の奥をじゅわじゅわと快感が侵していった。

「う、んっ、んんんんっ…あぁぁ……っ」

(気持ちいい)

昨夜、そこで快楽を覚えたばかりだというのに、紬の身体はまるで何年も調教を受けたように淫猥《いんわい》になっていた。その肉体の変化についていけない。腰が勝手に上下に動いてしまう。

「んぁああっ……、そ、それっ……」

中に唾液を押し込むようにされると、全身が痺れていくようだった。持ち上げられた両脚ががくがくと震える。後ろで感じる法悦《ほうえつ》がふいに身体中を包み、紬は声にならない声を上げて達してしまった。

「ああっ、うあ、くううんんっ……！」

内壁がびくびくと痙攣《けいれん》するように収縮を繰り返す。恥ずかしい前戯《ぜんぎ》に為《な》す術《すべ》もなく翻弄《ほんろう》されてしまい、彼に抗議することもできなかった。

「……怒った？」

友朗が紬を組み伏せながら顔を覗き込むようにしてくる。何と言っていいのかわからず、ぷいと顔を背《そむ》けてしまった。

「ごめん。ただ気持ちよくなって欲しかっただけなんだけど」

殊勝《しゅしょう》なことを言いながらも、彼は行為をやめるつもりはないようだった。硬く勃起《ぼっき》したそれが舌で嬲られていた場所に押しつけられる。

「あっ」

そんなことをされたら、媚びるような声が出てしまう。

「挿《い》れていい？」

「あっ、あっ、はいっ、て…っ」

許可を得るような事を言いつつ、友朗の男根が入り口をこじ開けてきた。その瞬間、ぞくぞくっ、と背筋に震えが走る。さんざん蕩《とろ》かされた場所は友朗の凶器を嬉しそうに呑み込んでいった。

「んう、あぁぁああ……っ」

泣きたくなるような挿入《そうにゅう》の快感。紬は喉を反らし、シーツから背中を浮かせた。快楽に支配された紬の肉洞は、彼のものを咥え、きゅうきゅうと締めつけていく。

「あ、あ、い、いぃ…っ」

「マジで…？　俺もめっちゃ気持ちいいんだけど」

昨夜よりも遠慮がなくなったのか、友朗は紬の内部をずうん、と突き上げてきた。

「んあ――――…っ」

目の前がちかちかする。快感が脳天から突き抜けていくようだった。

「あぁはっ、ひっ、あっ、あっ！」

そのまま小刻《こきざ》みな律動に揺さぶられ、悲鳴じみた声が漏れる。紬の身体は昨夜よりも、もっと深く友朗を受け入れていた。弱いところを擦られ、抉られていく度に凄《すご》い快感が湧き上がる。

「奥、好き……？」

彼が奥のほうを目がけて抽送を繰り返し、時折その先端が最奥のどこかに当たる。その度に頭の中が真っ白になるほどの愉悦が生まれていた。

「あっあっ、やああっ、そこっ」

「ここ、さ…、ぐちゅぐちゅいってるんだけど。気持ちいい？」

「～～っ、～～っ」

紬はもう何も答えられない。感じる粘膜をかき回されながら、力の入らない腕で必死に友朗にしがみついて喘《あえ》ぐ。

「可愛い」

紬の首筋を吸いながら、友朗は腰の動きを強くしていった。

「ん、ん…んっ、あっ！　お、奥…っ、あっ、ぐりぐりって……っ」

自分が何を口走っているのかも、紬はもう判断できない。友朗の圧倒的な雄に翻弄され、ただ快楽に溺《おぼ》れるのみだった。全身に伝わってくる彼の熱。それは紬の肉体の隅々《すみずみ》まで侵し、消えない火種《ひだね》を残していった。

「ほい。持ってな」

そう言って友朗に手渡されたのは一台のスマートフォンだった。

「必要ありません」

紬も一応、携帯電話の類《たぐい》は持っている。神社にいるとあまり必要性を感じないので、ほとんど電源を入れていないが。

「いや、お前の持ってるの使いもんにならねえから」

これ持っとけと押しつけられ、つい受け取ってしまう。

「……ありがとうございます」

確かに祖母と神社で二人で暮らしていた時は必要なかったかもしれないが、こういった都会では必要になるかもしれない。だが、紬はこの端末《たんまつ》の使い方をよく知らない。

「必要なアプリは入れてあるから。電話に出る時はこれな」

友朗はそう言うと、紬にメッセージアプリや通話の仕方などを教えてくれた。

「……でも、友朗さん」

「ん？」

「そろそろです」

友朗との交合によって紬の中で女神の力が高まっていった。おそらくもう少しで祓いが可能になるだろう。

そうしたら自分は神社に帰る。

彼とは繋《つな》がりがなくなってしまうだろう。そう告げると、友朗は一瞬だけ口を噤《つぐ》んだ。

「……まあ、まだ時間はあんだろ。今日は遊びに行こうぜ」

「は？」

タイムリミットが近づいてきたことを告げたというのに、彼は話題を変えるように言った。

「せっかく東京にいるんだから、いろいろと出かけなきゃ損《そん》だろうが」

手首を掴まれる。まるで攫《さら》われるように部屋から連れ出され、彼の車に乗せられた。車窓から見える雑踏《ざっとう》にも少し慣れた頃だ。

「日常の動画も撮ろうと思ってたしな」

彼は出先でよくカメラを回す。撮ってきたデータは外注に出し編集されて戻ってくる。それを配信サイトに上げると、みるみる再生数が増えていくのだ。

友朗が人気配信者であることは、動画を見ればよくわかる。人を不快《ふかい》にさせない話の巧みさと秀《ひい》でたルックス。多岐《たき》にわたる動画の内容。紬は彼の動画を改めて見て、その魅力《みりょく》がよく理解できた。

「今日はカフェに行こうぜ」

「撮影ですか？」

「ま、そんなとこ。でも奢《おご》るから！」

そう言って彼は住宅街の中にある、いわゆる隠《かく》れ家《が》的なセンスのいいカフェに紬を連れてきた。近づくとパンの焼けるいい匂《にお》いが漂《ただよ》ってくる。ベーカリーが併設されたカフェのようだった。

「どうも、こんにちは！」

　友朗は店に入ると礼儀正しく挨拶《あいさつ》した。撮影のことは事前に話が通っていたらしく、すぐに店長らしき女性が出てきて言葉を交わす。紬は配信者が起こした問題行動のニュースを耳にしたことがあったが、彼はそういったところが全体的にしっかりしているように思えた。

「こちらにどうぞ」

　店長は自分達を影になった席へと案内してくれる。

　店内はほとんどが女性客でにぎわっていた。中には友朗に気づいたのか、こちらをちらちらと窺《うかが》っている客もいる。好奇《こうき》と羨望《せんぼう》の視線が少しいたたまれなかった。

「あれトモロウじゃない？」

「うっそ、撮影かな？」

「連れてる子スタッフ？　めちゃ顔がいいんだけど」

　そんな会話が聞こえてくるのを知らない振りをして、紬は友朗の後についていく。

「一応、おすすめ出してもらうことになってるけど、なんか食いたいのあったら遠慮すんなよ」

　渡されたメニューに目を通すと、見栄えのするスイーツが豊富に並んでいた。紬は甘味《かんみ》と言えば、時々、祖母が買ってくる素朴《そぼく》な和菓子だったので、この巨大なパンケーキがどんな味がするのか見当もつかない。そんな中でも紬の興味を引くものがあった。

「これ、食べてみたいです」

「ん？　あんバターか。いいよ」

友朗は水を持ってきてくれた店員にあんバターのパンケーキをオーダーする。しばらくして友朗が頼んだものと、紬のあんバターのパンケーキが到着した。どれも圧倒的な見栄《みば》えで、それだけで気分が上がる。

「うわーすげえ！」

カメラを自分に向けて、友朗は撮影を開始している。クリームとフルーツが豪華《ごうか》に盛られたそれを丁寧に、かつ豪快《ごうかい》に切り分け、うまそうに食べていく。紬は彼の撮影を邪魔しないように自分もナイフを入れた。餡子《あんこ》にバターなんて食べたことない。

――――おいしい。

初めての味だったが、あまりにおいしくてびっくりした。紬は夢中でナイフを入れ、パンケーキの牙城《がじょう》を崩《くず》していく。

パンケーキ以外にもいくつかの料理とスイーツが運ばれて、友朗はそれらすべてを食レポしていく。かなりのボリュームだったが、結局、二人で完食した。

「ありがとうございました」

店から出る時にはかなり満腹で苦しいくらいだった。外に出ると店の前で何人かの女の子達が待ち構えていて、紬はどきりとする。

「あの、トモロウさんですよね。いつも動画見てます！」

「がんばってください」

彼女達から声をかけられた友朗は愛想《あいそ》良く対応していた。その中の女の子が、紬にも目ざとく反応する。

「彼は、スタッフさんですか？」

「あー、うん、そんなとこ」

「えっ、かっこいいじゃないですか。今度動画にも出てもらってくださいよ」

「顔出しNGなんだよね、彼」

「えー、もったいない」

都会の華やかな女性達に囲まれて、紬は戸惑う。助けを求めるように友朗を見ると、彼は苦笑して紬の背中を押した。

「じゃ、俺ら行くから。どうもありがとうな」

「はーい、がんばってください」

友朗は手を振って彼女達に別れを告げる。角を曲がったところで、紬は大きく息をついた。

「びっくりした……」

「お前、女慣れしてなさすぎ」

彼はおかしそうに声を上げて笑った。そういえば、友朗の紬を呼ぶ人称《にんしょう》があんたからお前になったことに気づく。彼のほうが年上だから特にそれは問題ないのだが、何故《なぜ》だかどきりとしてしまった。

「そんなの、当たり前じゃないですか」

これまで女性といえば、ほとんど祖母としか話して来なかったのだ。母親とはもう何年も会っていない。ごくたまに参拝客の女性と言葉を交わすこともあるが、その時は大抵、巫女姿だったし、事務的な会話しかしていない。

そんなことを思って、紬がちょっと臍《へそ》を曲げた顔をすると、友朗はふっと笑ってぽんぽんと背中を叩いた。

「まあ、でも俺は嬉しいよ。お前は顔がいいから、その気になれば女は放っておかないだろうしな」

「え？」

それはどういう意味なのだろう。紬は思わず彼を見たが、友朗は車のキーをチャリチャリ鳴らして駐車場に行ってしまった。

「今日、ありがとうな。つきあってくれて」

海沿いの工業地帯が見渡せる場所に車を止めて、友朗はそんなふうに言った。あれからドライブをしようと言って車を走らせ、そろそろ日も傾《かたむ》く時刻、彼はこの場所へと紬を連れてきた。

「こちらこそ、ありがとうございました。あのパンケーキ、おいしかったです」

「お前、あんバター気にいったみたいだな」

「ああいう組み合わせがあるんですね」

盲点《もうてん》でした、と呟く紬を、彼はどこか嬉しそうに見ている。水平線に沈む太陽の光で、海と空がオレンジ色に染まっていった。

「こうやって海見るの、初めてです」

「埼玉には海ないからなあ」

「両親も祖母も、海には連れていってはくれませんでしたし」

何の気なしに口にした、紬にとってはただの事実でしかない言葉。けれど友朗には思うところがあったようだった。

「じゃあ、俺とまた来ようよ。これから何度も」

「え…」

「海だけじゃなくてさ。もっと、色んなとこ行こうぜ。どこでも連れてってやるから」

友朗の熱い手が紬の手を握る。ハッと息を呑み、彼を見つめた。

「だから帰るなんて言うなよ」

「友朗さん」

「お前のこと好きだ」

紬は彼の腕に抱きしめられる。そのぬくもりは安心感と同時に胸の高鳴りを伝えてきた。

（……まだ、もう少し時間がある）

彼はきっと、霊障《れいしょう》から自分を救ってくれる紬に対して、そんな気になっているだけなのだ。紬が帰り、もとの生活に戻れば、友朗はきっと紬のことなどすぐに忘れる。

（じゃあ、僕は）

自分はどうなのだ。

女神の力を大きくし、定着させるために彼に抱かれている。苛烈《かれつ》な快楽に呑まれ、自分こそそんな気になっているだけではないのか。

紬にはわからない。何もかも初めてのことだったから。

ただ、今はこうしているのが嬉しいし、彼に好きだと言われるのも心地よい。今はただそれでいいのではないか。

自分がこんなに享楽的《きょうらくてき》な性格だったなんて、初めて知った。

「帰りませんよ、まだ。役目は終わってないですし」

「うん」

顎《あご》を取られ、唇が重ねられる。何度も重ねる角度を変えた口づけに、身体中が熱くなった。

「紬……、紬」

「ん、あっ……」

互いの吐息《といき》で車内の温度が上がってしまうようだった。巧みな友朗の舌に上顎の裏を舐め上げられ、背中がぞくぞくと震える。

「ふ、ぅんっ……！」

まずい。このままでは、収まりがつかなくなってしまう。紬の舌を吸っている友朗からも興奮してきている様子が伝わってきた。

「ん、ゃっ……」

耐《た》えられずに、紬が思わず彼の腕を押し返すと、意外とあっさりと解放してくれた。

「悪い」

「……っ」

「帰ったら、続きしていい？」

どこか悪巧《わるだく》みをしているような表情で、友朗は紬の薄く染まった目元に唇を押し当てる。小さく頷くと、彼は「やった」、と言ってもう一度、紬のこめかみに口づけた。

「……ああ、ちょうどライトアップされる頃だぜ」

暗くなった海に工場の施設が浮かび上がる。それらが明かりに照らし出される様は、無機質な城のようだった。

「……」

紬がこれまで見てきたのは、月や星の明かり、それらに反射して輝く水の飛沫《しぶき》や木々の緑など、自然が作り出すものだった。けれど目の前に広がるのは人工の光。それは人の営みの象徴《しょうちょう》とも言えた。

「綺麗だ」

そんな言葉が思わず口をついて出た。

「うん、俺けっこう、この眺め好き」

「時々来ていた？」

「まあね」

でも動画で撮ったことはない、と彼は言う。

「俺みたいなのはプライベートの切り売りもけっこうするけど、見せたくないところってのもあるんだよ。一応な」

友朗は紬の肩を引き寄せた。

「でも、お前は見せなさすぎ」

「……」

「知りたいんだよ。お前のこと、もっと」

覗き込むように視線を合わせられて、紬は思わず目を伏せる。

「どんなふうに育ったのかとか、いつも何食って、何をおもしろいと思って、どんなふうにして生活してたのかとか」

「……そんなこと知って、どうするんですか」

実の親にさえ疎《うと》まれて遠ざけられたというのに、彼が自分の生い立ちや普段のことを知ったら、きっと嫌われてしまう。

「気味が悪いと思うだけですよ」

「思わねえよ」

「廃旅館にいた女の人に呪われて、怖かったんですよね？　だからうちに来たのでしょう？　あんなモノを視《み》るのが、僕の日常なんですよ」

「――――」

そう告げた時、彼は一瞬押し黙った。

「僕を知るってことは、そういうモノと身近になるってことです。確かに僕は霊を祓える。けれどそれが出来る時点で、僕は『あちら側』に近い存在なんです」

「それはねえだろ」

「そういうものです」

紬は頑《かたく》なに言い放った。車内に重い沈黙が満ちる。

――なんでこんなこと言ってしまったんだろう。

何も、そこまで突き放すような物言いをすることはなかった。祖母以外の人間とは、ほとんど深く関わることはなく生きてきたから、突然、距離を詰められてどうしていいのかわからない。

彼も、紬を嫌いになってしまうだろう。

「……ごめんなさい」

紬はぽつりと呟いた。

「学校に通っていた時も、仲のいい友達はできませんでした。少し仲良くなるとみんな僕が人と違うことに気づくんです。当時は今ほど力もコントロールできなかったから」

紬といると怖い目に遭《あ》うことがある。まだ未熟だった紬は、友人を怪異から守ることが出来なかった。当時の紬には、その能力の高さゆえに縋るように寄ってくるモノも数多くいた。危害を加えるようなことはさせなかったが、存在を完全に遮断《しゃだん》させるまでには至らなかった。

「今回のことは、たまたま友朗さんと僕の利害が一致しただけで……、だからきっと、そういうことをして、そんな気になっているだけです」

彼の好意は本気ではない。受け入れて違っていたりしたら、絶対に自分は深手を負ってしまう。それが怖いから気持ちを受け入れるわけにはいかなかった。

「――お前、俺のこと見くびってない？」

だから友朗がそんなことを言ってきて、紬はびくりと肩を震わせた。

「俺は金もあるし、人気もあるクリエイターなの。だから色んな奴が寄ってくるわけ。女とかもう抱き放題よ。アイドルとつき合ったことだってあるし、風俗だって飽きるほど行った。だからお前が言う、『セックスしたからそんな気になっているだけ』っていうのはありえないわけ」

友朗は少し怒ったような顔で続ける。

「てか、それで言ったらお前のほうが俺のこと好きじゃなくね？　俺とセックスする必要があったからしてたってだけ？」

「そ、それは……！」

痛いところを突かれた。紬は確かに最初はそうだったのだ。だが、思っていたのとはまったく違う行為に、激しく心を乱され、気がついたら彼を想っていた。かりそめのこの生活が少しでも長くと願うようになってしまった。

「けど、俺はそれでも構わねえよ」

友朗の口調が急に穏《おだ》やかなものになる。

「俺はただ、お前が側にいてくれれば楽しいんだよ。もちろん俺のこと好きになってくれたら言うことないんだけどさあ……」

彼はそう言いかけて、何かに気づいたように首を振った。

「いや、俺のこと好きになって欲しい。どうしたら好きになってくれる？」

「っ、そ――――」

そんなこと言われても。

紬は激しく動揺し、友朗から離れようとした。だが、腕に強い力がかかって、ますます強く引き寄せられてしまう。

「話を聞いていなかったんですか⁉　僕の側にいると怖い目に遭うって――――」

「怖い目には遭いたくねえよ。けどそれよりもお前がいいんだから、しょうがねえだろうが」

紬は何も言えなかった。これまでそんなことを言ってくれる人は、他にいなかった。

「……友朗さんのことは、好きです」

「マジで？」

「僕には、あなたと違って比較対象がありませんが、多分そうだと思います」

「お、おう」

これまでの性遍歴《せいへんれき》を暴露《ばくろ》してしまった友朗が、ばつが悪そうに答える。

「あなたは僕にまったく新しい世界を見せてくれました。だから、感謝しているんです」

「待て待て」

そこで彼は紬の言葉を遮《さえぎ》った。

「感謝とかそういうの、とりあえずいらねえから。俺が欲しいのはお前からの好きって気持ちと性欲だから」

「せ……」

「あれ？　だって俺達相性いいだろ？」

それに、と彼は続ける。

「ていうかお前が相手だと、自分が気持ちよくなるより先に、お前を悦《よろこ》ばせたいって思うんだよな」

こういうのは初めてだ、と彼は言った。

「それでもお前に何か問題があるっていうなら、一緒に解決したいって思ってる。そっちの事情絡みだと、俺に力になれることはあまりないかもしれねえけど。でも」

友朗は紬をますます、ぎゅっと抱きしめる。

「お前は間違いなく、こっち側の人間だよ。お前の中も外も知ってる俺が言うんだから間違いないって」

「……」

紬の目から大粒《おおつぶ》の涙が零《こぼ》れた。きっと、一番言って欲しかった言葉なのだ。

「落ち着いたか？」

「はい」

渡されたティッシュで鼻をかんで、紬はこくりと頷いた。

あれから涙腺《るいせん》が壊れたみたいに大泣きしてしまった。多分生まれてから初めて、こんなに感情を爆発《ばくはつ》させたと思う。

「すみません。……夜景見るどころじゃありませんでしたね」

「いいよ。お前の可愛い顔見られたから」

そんな台詞《せりふ》がさらりと出てくるのが、自分と彼との圧倒的な経験値の違いだ。

「また来ようぜ」

「……はい」

彼はそうやって未来の可能性を繋いでくれる。それは紬にとって、ひどく嬉しいものだった。

「帰るか」

車のエンジンがかかる。山の中腹あたりに停《と》まっていた車は、山肌に舗装された道路を降りていった。

――けれど、その途中でも紬には見えてしまう。

道路の脇《わき》をふらふらと歩いている若い女。あるいは電柱の上にぼんやりと立っている作業着姿の男。闇の深いところでは、こちらのスイッチを切っていても視界に入ってしまうのだ。

いつも暮らしていた神社は神域であり、そこから出ない限りはそうそう見えることはない。

いわゆる心霊スポットなどと呼ばれるところよりも、人の多い大都市のほうがよほど闇は深く、『あちら側』の存在も数多くいる。

そしてそれは、時に紬の近くで囁《ささや》くのだ。

お前はどうしたって、人の中では暮らせないよ、と。

けれど紬はそれらに耳を塞ぐのだ。そんなことは知っている。けれど、今だけは彼の側にいたい。

「腹減ったし、ファミレスでも寄ってくか?」

「いいですよ」

運転席からそう聞いてくる友朗に、小さく笑いながら紬は答えた。

「こんなことになってたなんて、びっくりなんだけど」

友朗《ともろう》の妹のかなみが訪ねてきたのは、その数日後のことだった。

「てか、お兄ちゃん呪《のろ》われてたの？　それでこの人と、今一緒に住んでるの？」

「そういうこと」

友朗の妹で同じ配信者《はいしんしゃ》であるというかなみは、とても可愛らしい女性で、テーブルの上で組んだ指のネイルがきらきらしていて綺麗《きれい》だな、と思った。

「だって私なんともなかったよ？」

「友朗さんに憑《つ》いていた女性は男性に裏切られたんです。だからきっと、同じ男性である友朗さんに恨《うら》みを抱《いだ》き、縋《すが》りたかったのでしょう」

「なるほどー」

「なるほどじゃねえよ」

友朗は悪態《あくたい》をつきつつも、冷蔵庫からドリンクを出してかなみの前に置いてやった。

「えっ、せっかくタルト持ってきたんだから紅茶がいい。いれてよ」

「はあ⁉　自分でいれろ」

　彼はぶつぶつと文句を言いつつも、キッチンに戻っていった。なんだかんだといっても妹の面倒を見ている姿に思わず微笑《ほほえ》ましくなってしまう。紬《つむぎ》には兄弟がいなかったので、羨《うらや》ましくもあった。

「手伝いますよ」

「あー、いい、いい、そいつの相手してやっててよ。嫌だろうけど」

「ひどくない？」

　兄の言葉にかなみが笑う。相手をすると言っても、初対面の女性を相手に雑談《ざつだん》など、どうすればいいのかわからない。だが、かなみのほうから話を振ってくれた。

「お兄ちゃん、そんなにヤバい呪いだったんですか？」

「そうですね」

　かなみは身を乗り出して聞いてくる。

「正直、少し危険な状態《じょうたい》ではありました。友朗さん自身に害《がい》が及《およ》ばなかったのは、彼の生命力が強かったからです」

「あ、言えてる。殺しても死なないって感じするものね」

　かなみがキッチンにいる友朗を指差すと、「何か言ったか？」と声が聞こえてくる。

「あの動画、けっこう再生数いったけど、そっか、そういう危険なこともあるかあー……」

「できればそういった場所に行くのはお勧《すす》めしません」

けれど彼らは行くのだろう。紬も最近ようやくわかってきたが、配信者というのはそういうものなのだ。

だから、せめて行くなら最大限の注意をはらってもらいたい。紬が言ってやれるのはそこまでである。

「紬さんみたいな人からすれば、そうですよね」

かなみはにこりと笑った。

「でも、こんな素敵《すてき》な人が霊能者《れいのうしゃ》だなんて、ちょっとびっくりした。やっぱり顔出しはダメなんですか？」

霊能者というのとはちょっと違うのだが、と頭の隅《すみ》で思いながら紬は小さく笑った。

「一応、神社《じんじゃ》でも表には出ていないので……」

「そっかあ。色々あるんですよね」

かなみはそれで納得したようだった。

「それで、紬さんはいつまでいてくれるんですか？」

いつまでいるのか、ではなく、いてくれるのかと彼女は聞いた。それだけでもかなみが心根《こころね》のいい、気遣いのできる性格なのだとわかる。明るく屈託《くったく》のない性質は邪悪《じゃあく》なものを引き寄せない。紬は彼女を好ましく思った。

「……もう少しでしょうか。根元から断っておきたいので」

「えっ、ずっといてほしー」

無邪気《むじゃき》なかなみの言葉に、紬は苦笑する。

「ていうか、あたしと仲良くして欲しいんですけど！　紬さん年いくつですか？」

「えっ、二十歳、ですけど」

「やっぱ年下か……！　でもまあいいや。ぶっちゃけ、あたしみたいなのってどう思います？」

「……？」

「おいこら、人の客人勝手に口説《くど》いてんじゃねえぞ」

「えー」

そこに、紅茶のポットとカップをトレイに載《の》せてきた友朗が登場し、妹をけん制した。

「だいたいお前、彼氏いるだろ」

「こないだ別れた」

「もうかよ」

「お兄ちゃんに言われたくない」

「あ、すみません」

カップとポットが置かれ、紬のそれに赤い液体が注《そそ》がれる。いい香りがふわりと広がった。

かなみの持ってきたタルトを切り分け、友朗も席に着く。

「ねえ、ていうことはさ、一連の出来事を動画に出す感じ？」

「あ？」

「呪われて、それを除霊《じょれい》する流れなんて、シリーズにできるじゃん」

「ああ…、まあ、そうだな……」

そういえば、友朗は最近は二人でいる時にカメラを回さなくなった。

「えっ、動画にしないの？」

「しなくていいかなと思ってる」

「なんでなんで？　めっちゃ数字とれそうなのに」

「なんか、そんな気分じゃねえんだよ」

かなみはひどく驚《おどろ》いた顔で友朗を見る。

「マジで？　だって、配信者はプライベートを切り売りしてなんぼだって言ってたのに」

「俺にも見られたくねえ部分てのがあったんだわ」

「ふーん……」

かなみは何かを考えるように兄を見ていたが、やがて大きく口を開けてフォークでタルトを頬張《ほおば》った。

「ま、お兄ちゃんの好きにしたらいいんじゃない？」

「友朗さん、僕は構いませんよ。神社の名前と、顔さえ伏《ふ》せてもらえたら」

動画にするには問題ないと紬は思っている。彼のような著名《ちょめい》な配信者に危険な場所へ赴《おもむ》くこ

とのリスクを説《と》いてもらえたら、いたずらに怖い思いをする人達も減るだろうからだ。

「いや、かえって増えるだろ」

「あたしもそう思う」

「……そうなんですか？」

「人間、自分が痛い目に遭《あ》わない限り、わかんねえ奴が多いんだよ」

なるほど、と紬は思った。自分は人生経験も人との関《かか》わりも不足している。表に出ている祖母は相談者の悩みにいろいろと助言をしているようだが、今の紬にはそれは無理だろう。紬が出ていくのは祖母の手に負えない霊障《れいしょう》がある時のみで、その時は問答無用《もんどうむよう》で祓《はら》ってしまうからだ。

「ちょっともったいないけど仕方ないね」

「ま、そういうことだ」

その後はかなみが考えている動画の企画の話になり、最近、登録者が急激に増えたのだと喜んでいた。

「よかったじゃん」

「お兄ちゃんのおかげだよー。またコラボしてね」

「気が向いたらな」

仲の良さそうな兄妹の会話を見ながら、紬もタルトを口に運ぶ。モンブランのタルトは非常にクリーミーで美味だった。

「お前、かなみに狙《ねら》われてるから気をつけろよ」

「？」

かなみが帰り、使った食器をキッチンのシンクに運んでいると、友朗が憮然《ぶぜん》とした顔で近づいてきた。

「狙われてる？」

「食われないように気をつけろよってこと。俺の妹だから仕方ねえけど、あいつもかなり肉食だから」

「……食人の習慣があるってことですか⁉」

そんなことをしているのなら、紬には『視《み》える』はずなのに、彼女からは朗《ほが》らかな気しか感じられなかった。そう告げると友朗は、はあ、とため息をつき、紬の手首を摑《つか》んでシンクに押しつける。

「！」

唇《くちびる》が重なってきた。強引に割り込んできた舌が、紬のそれと絡《から》み合う。

「んっ…、んっ」

最近は、彼とこうしているだけで身体の芯《しん》から熱を持って蕩《とろ》けそうになるのだ。

「……食われるって、こういうこと」

「あ……」

「俺も妹に好きな奴食われたくないわけよ。わかる？」

急に粘度《ねんど》を増した声に背中が震えそうになる。脚の間に彼の脚が割り込んできた。下肢《かし》が密《みっ》着《ちゃく》する。股間《こかん》に存在感を増した彼のものが押しつけられ、思わず息を呑《の》んだ。

「……そうやってすぐに涙目になるの可愛いよな」

「あっ」

耳の中に舌先が差し入れられ、膝《ひざ》が震える。

「こ、ここではっ……」

「んー、そうだな。ベッド行くか。でもその前に……」

友朗の手が紬のボトムにかかり、ボタンとジッパーを外《はず》してきた。

「なっ、なにっ」

「ここで一度イって？」

大きな手が下着の中に差し込まれる。脚の間のものを握《にぎ》られて、びくん、と背中がわななないた。ゆるゆると扱《しご》かれて有無を言わさない快感《かいかん》が込み上げてくる。

「や、あ…っ、あっ」

まだ陽は高く、部屋の明かりもついている。しかもキッチンでそんな行為に及《およ》ぶなどと、紬にとっては信じられないことだった。

それなのに、どうしてなのか身体が抗《あらが》えない。恥ずかしいのに、それがよけいに感じてしまう。

「気持ちいい？」

「ん、んん…うっ」

「腰、揺れてる……。エロいじゃん」

「んぁ、ああっ……」

友朗に指摘《してき》されて気づいた。手淫され、その刺激で紬の腰は淫《みだ》らに蠢《うごめ》いている。彼の手を受け入れるように太腿《ふともも》が開き、股間を突き出すような動きを繰り返していた。

「ああ…っ、は、恥ずかし、い……っ」

「恥ずかしくても、気持ちよくなっちゃうんだ。可愛いね？」

友朗は一層《いっそう》興奮したようで、熱い息が首筋《くびすじ》にかかる。そして彼は両手で紬のボトムと下着を一気に引き下ろしてしまう。

「んああっ」

「それじゃ、もっと恥ずかしいことしようか」

友朗は床に跪《ひざまず》くと、紬の股間でそそり勃《た》っているものを口に含《ふく》んだ。

「あっ、んん――！」

カアッ、と灼《や》けつくような刺激が腰から込み上げてくる。紬はシンクの縁《ふち》を両手で掴み、必死に崩《くず》れないように身体を支えた。

彼は紬に見せつけるように、根元から裏筋を舌先でちろちろと舐《な》め上げる。

「目、閉じるな。自分が気持ちよくなるとこ、ちゃんと見て」

「んあっ…、あああっ……！」

目を瞑《つむ》ろうとすると、太腿をぴしゃりとはたかれて命令された。そんなことをされると頭の中が沸騰《ふっとう》したように煮《に》えたぎってしまう。紬は視線を下ろし、自分のものが口淫される様をじっくりと眺《なが》めることになった。

友朗は舌を出したままにやりと笑うと、紬と目線を合わせたまま先端を舐める。

「くう、ふあっ」

「ここ、弱いよな」

視覚と実際の刺激による快感が背中を駆《か》け抜けていった。両脚がぶるぶると震え出す。友朗の肉厚で長い舌が特に弱い裏筋を舐め上げ、音を立てながら肉茎に吸《す》いついていく。

「あ、はっ…、あぁぁ…っ」

口淫により硬くそそり勃ったそれの先端《せんたん》から愛液が溢《あふ》れていた。快感が大きくなるほどに、とろとろと流れていくそれは、紬が感じていることを如実《にょじつ》に表している。

「やっ…、や…っ、ああっ、許し、て…っ、んあ、あはあぁっ」

許しを請《こ》うと、ふいに肉茎を口に咥《くわ》えられてしまい、紬は高い声を上げた。ねっとりと舌が絡みついてきて、腰に不規則な痙攣《けいれん》が走る。もうイきそうだった。けれど、こんなところでイきたくない。恥ずかしい。

「うう、くっ、も、も…う、だめ、だからっ……」

「んん？」

じゅうっ、と音を立てて口の中で吸われる。紬は思わず喉《のど》を反《そ》らした。

「ああっ！　……い、イく、からっ……っ」

「イっていいよ？」

またちろちろと舌先でくすぐられながら煽《あお》られ、紬はシンクを握りしめた手に力を込める。

「あっ、だめ、だ……っ」

堪《こら》えるように首を振っても、もういくらも保たない。彼には紬の弱いところや、どうされるのが一番感じるのかも知られてしまっている。

「ほら、全部飲んでやるから……」

「ああっやっ、吸うのダメっ……！」

口の中で吸引され、今度こそ紬は耐《た》えられなかった。

「んあっ、あぁぁあ…っ」

ぐぐっ、と背中を大きく仰《の》け反《ぞ》らせたかと思うと、腰ががくがくと震える。友朗の口の中に白蜜《はくみつ》が弾《はじ》けた。

「んん、あうう…っ」

彼の喉がごくりと上下する。自分の吐き出したものを飲み下されてしまった羞恥《しゅうち》と申し訳なさ、そして快楽《かいらく》に、目尻に涙が浮かんだ。友朗が口を離すと、力を失ってずるずるとへたり込んでいく。

「ごめんごめん」

彼はさほど申し訳なく思ってなさそうな口調で紬を受け止め、髪を撫《な》でる。

「ベッド行こうか」

達したばかりで身体がじんじんして立ち上がれない。そんな様子の紬の身体を、友朗は心得たように軽々と抱き上げた。


「……悪ふざけがすぎます」

ベッドに降ろされた時、紬はそんなふうに彼に抗議した。

「ふざけてるつもりはねえよ。めちゃくちゃ興奮したからやった」

彼は自分の服を脱《ぬ》ぎ捨て、継いで紬の衣服を丁寧《ていねい》に剝《は》ぎ取る。

「俺の気のせいじゃないと思うんだけどさ」

「お前、意地悪《いじわる》されると、よけいに興奮するタイプだろ」

「……？」

「――――!?」

とんでもないことを言われて、顔が破裂《はれつ》しそうに赤くなった。

「ま…まさか、そんな、ことっ……！」

「そのほうが気持ちよくなるなら、俺もがんばるからな」

「まっ……、んんっ！」

反論しようとする口を塞《ふさ》がれ、攻撃的な舌で口の中をかき回される。さっき放った自分のものの味が微《かす》かにするのに、腰の奥が疼《うず》いた。

ああ、これは、彼の言う通りかもしれない。

「あの指南書《しなんしょ》ってやつ、俺も後でよく読んでみたんだけど」

「ん……、え？」

急に彼がそんなことを言い出して、友朗は惚《ほう》けた思考のまま返事をした。

「なんか、道具とかも使うといいって書いてあったじゃん」

そう言えば、そんなことも記されてあったと思う。

「で、俺、ちゃんと用意したからな」

「は……?」

ちゃんと痛くないようにする、と言われて、友朗がベッドの下から取り出したのは縄《なわ》と、それからよくわからない用途の玩具《がんぐ》だった。

そんなことまでするのか、という思いと、それも役目だからこなさなくてはならない、という思い、そして友朗がするのなら構わない、という思いが紬の中で交錯《こうさく》する。そしてそれらを見て否応なしに気持ちが昂《たか》ぶってしまう自分も、もはや無視できなかった。

「じゃあ、縛るからな」

目の前で縄がピン、と張られる。今からされる仕打ちに、紬は熱い息を吐き出すのを止めることが出来なかった。


「ん……っ、は、ア」

濡《ぬ》れた吐息《といき》が口から零《こぼ》れる。紬は両腕を後ろで縛られ、ベッドの上に転がされていた。胸の上に二本縄が通されている。友朗はいったいどこで学んだのかと思うほどに、ためらいなく紬を縛っていった。

「ああ……」

縛られているだけで、まだ何もされていない。友朗はじっと紬を見つめているだけだった。目を閉じていても、彼の視線が肌を這《は》うのを痛いほどに感じている。

「……っ」

身じろぐ度に縄が身体に食い込んで、まるできつく抱きしめられているみたいだと思った。

「乳首、勃ってる」

胸の上の突起《とっき》を、ぴんっと弾《はじ》かれる。

「んあっあっ！」

たったそれだけで身体の芯《しん》に鋭《するど》い刺激が走って、紬は身を捩《よじ》らせる。そのままピンピンと乳首を弾かれ、続けざまに襲《おそ》ってくる快感に何度も仰け反った。

「あっ、はっ、んんっ」

「こんなに悦《よろこ》んじゃって」

指先が、つうっと下腹部まで滑《すべ》って、びくん、と身体が跳《は》ねる。紬の股間のものがまた勃ち上がり、先端を愛液で濡らしていた。

「脚を閉じたらダメだからな」

「っ、あっ」

こんな恥ずかしい状態になっているというのに、友朗は言葉だけで紬を縛った。両の膝が勝手に外に開いて、震える肉茎を剥き出しにする。

「もっといっぱい開いて」

「や、だっ、できなっ……」

「大丈夫。できる」

無体なことを強《し》いているのに、言い方はひどく優しげだった。そんな彼の声を聞くと身体中がぞくぞくしてしまって、紬は自分から、あられもない体勢になっていく。

「可愛いな」

膝を折《お》り、恥部を曝《さら》け出す。紬の肉茎はますます昂ぶり、苦しそうにそそり勃っていた。はやくそこに刺激が欲しくてたまらない。

「ご褒美やらねえと」

友朗の指先が紬の肉茎をくすぐるように動く。強く扱《しご》かれた時の頭が吹き飛びそうになる快感ではなく、そこからぐずぐずと熔《と》けていくような快楽に、身も心も駄目になりそうだった。

「あぁあっ…、あっ、んっ、んううう……っ」

「焦《じ》らされるみたいでいいだろ?」

「んぁああっ、あっ、く、ふうう……っ」

もどかしさの混ざる刺激がたまらない。もっと、もっとと求めてしまいそうになり、腰が上下に動いた。乳首も同じようにくすぐられて、身体が生殺《なまごろ》しのようになる。

「ああっはぁあっ……、も、もっ…と」

紬は知っていた。自分の口で言わなければ、彼は絶対にしてくれないということを。

「く、ふ、う、も、もっと…、して、欲し……っ」

次の瞬間、友朗の指は紬の後孔へ潜《もぐ》り込んでいた。予想していなかったところを責められ、縛られた身体がガクガクとわななく。

「んぁぁああ……っ！」

「ほら、お前の好きなとこ」

友朗の指は紬の肉洞をまさぐり、性感の密集している場所を探り当てる。そこをこりこりとまさぐられて、思考が白く濁《にご》った。

「んんあぁぁああ」

快感が一気にせり上がり、紬はぐぐっ、と腰を持ち上げ、耐えられずに絶頂に達してしまった。肉茎の先端から、びゅくっと白蜜が放たれる。

「あっ、あっ、ああうううっ」

だが友朗の愛撫《あいぶ》は止まらなかった。達した場所を執拗《しつよう》に捏《こ》ねられ、押し潰《つぶ》されて、悲鳴のような嬌声《きょうせい》が漏《も》れる。

「あっ、あーっ、い、イくっ、またイくっ……！」

「ほら、もっとぎゅっぎゅって押してやるからな……」

内奥の感じすぎる場所を身動きできない状態で責められ、紬は全身から火を噴《ふ》きそうなほどに感じ入り、喘《あえ》いだ。友朗の巧《たく》みな指は肉洞でくにくにと動き、紬は何度も昇《のぼ》りつめてしまう。後ろで得る絶頂は深く長引いて、全身が甘く痺《しび》れてしまう。

「ああっ……、んぁあああっ…、い、いい……っ」

恍惚《こうこつ》に支配されつつある紬の口から放埓《ほうらつ》な言葉が漏れた。無体に責められると、腹の奥がきゆうきゅうと疼く。友朗の指を食い締め、奥へと誘《さそ》い込むような動きを繰り返した。

「はー…、たまんねえな」

「んんっ」

中から指がずるりと引き抜かれる。一瞬、嘆《なげ》くような顔をしてしまったのか、友朗がよしよしと頭を撫《な》でてくれた。

「今もっといいのやるから」

身体をひっくり返され、うつ伏《ぶ》せになったまま腰を高く上げさせられた。腕が縛られたままなので、上体だけで身体を支えることになってしまう。すると背後から突然モーター音が聞こえた。

「新品だから安心してな」

「な…、なに、挿《い》れっ……、ん、んんうーっ」

うねうねと蠢《うごめ》く先端が肉環に押し当てられ、ずぶりと挿入《そうにゅう》されていく。

「このままゆっくり入れてやるからな」

「あ…っ、あっ、あーっ……！」

電動の淫具《いんぐ》が体内に埋《う》め込まれていった。激しく震える振動の波が内壁を舐め上げ、これまで感じたことのないような快感に襲《おそ》われる。

「ひ、ぃ、あっ、あ！」

下腹全部を振動で犯されるような感覚。そんなものに紬が耐えられるわけもなく、あっという間に二度、三度と達してしまった。

「ああ——っ、あっあっ！」

淫具自体の形状なのか、凸《とつ》部分が時折《ときおり》弱い場所に当たるのがたまらない。紬はイく度に下半身をぶるぶると痙攣させた。

「俺のよりイイみたいで、ちょっと焼けるんだけど」

していているのは彼自身なのに、そんな勝手なことを言う。人間では不可能な動きに翻弄《ほんろう》されているのだから、それは仕方がないというものだ。だがそれを言いたくとも、紬の口から漏れるのは、はしたない喘ぎばかりだった。

「じゃあ、俺もしてやるか」

「は、ひっ！」

紬の全身が、びくんっと震える。前に回った友朗の手が紬の肉茎を握り、優しく扱き立ててきたのだ。

「んぁあっ、あっ、やっ、い、一緒…はっ、ああっ、そんなっ！」

前後を同時に責められ、紬は惑乱《わくらん》する。後ろを淫具でかき回され、前を手で嬲《なぶ》られ、同時に異なる快感で性感をいたぶられた。前後から聞こえる、ぬちゅぬちゅという音がモーター音と混ざって寝室に響《ひび》く。

――いい。前も、後ろも。

快楽が身体の中でどんどん膨《ふく》らんでいく。それは紬の力と混ざり合い、快楽を糧《かて》として大きくなっていった。

「ん…っ、んう、ああ――…っ！」

一際《ひときわ》大きな波が体内から湧《わ》き上がってくる。淫具の先端が内奥の壁を抉《えぐ》った瞬間、紬は肉茎から白蜜を噴き上げながら達した。それは一度では終わらず、二度三度と襲ってくる。

「～～～っ、～～っ！」

強烈《きょうれつ》な快感に我を忘れた。紬の肢体が揺れ、これ以上身体を支えていることができず、横向きに倒れ伏してしまう。

「は、あ……っ」

余韻《よいん》にひくひく震える体内で、淫具がまだ振動を続けている。

「あっ…あ、だめ、これ、止めて、あああ……っ」

紬が哀願《あいがん》すると、スイッチがオフになった。力が抜け、はあはあと呼吸を整えていると、後ろから淫具がずるりと引き抜かれる。

「う…っ」

「もうちょっとこれで可愛がるつもりだったんだけど、俺がもう我慢限界」

上体を引き起こされ、そのまま背後から彼の膝の上に抱え上げられた。

「このまま挿れていい？」

「ん……っ」

こくりと頷《うなず》くと、両の膝の裏を持ち上げられる。まさかそんな格好《かっこう》をさせられると思っていなくて、紬の肢体が羞恥で硬直《こうちょく》する。だが友朗は軽々と紬の身体を支えると、自身の男根の先端を紬の後孔にあてがった。

「……あ、あぁぁあうっ…」

自重で彼のものを受け入れてしまうはめになり、肉洞をずりゅずりゅと擦《こす》られていく。

「あ、あ、あっ！」

ぞくぞくとした波が止まらなかった。先ほどの淫具にはなかった熱と、どくどくとした脈動《みゃくどう》を感じる。

「す、ごいっ…、い…っ」

「バイブより気持ちいい？」

「ん、ん……っ」

夢中になって頷く紬は、口づけをねだって後ろを向いた。すぐにそれは与えられ、不自由な体勢で舌を吸われる。その度にまたイきそうになっていた。やがて友朗のものがすっかり紬の中に入ってしまうと、今度は下から強く突き上げられる。

「んあっ、あっ、あっ、あああぁ…っ！」

淫具であんなに感じたというのに、力強く律動を刻《きざ》む彼のものとは比べものにならないと思った。強く締めつけると友朗の形がはっきりとわかって、背後から彼の息を詰めるような気配が伝わってくる。

「く、う、んぁああ…っ、あっ、そこっ…！」

凶器のような先端が、弱い場所に当たって電流のような快感が走った。

「ここに、たっぷりぶち当ててやるからな……っ」

友朗は紬の身体を持ち上げ、入り口ぎりぎりまで引き抜くと、今度はその場所に向かって深く沈《しず》めた。

「あああぁあああ」

紬の口の端《はし》から唾液《だえき》が零《こぼ》れる。また続けざまに達してしまい、友朗の肩口に後頭部を押し当てて喘いだ。

「も…っ、もう、イくの、止まらなくなる……っ」

「いいじゃん。イきまくれよ」

ぐりぐりと腰を回されると、仰け反った喉から、ひいっと掠《かす》れた声が漏れた。開かれた内腿も、さっきからずっと痙攣している。

ふいに両腕が自由になり、紬は再びベッドの上に這わせられた。腰を強く掴まれ、小刻みに打ちつけられて全身が快楽に包まれる。

「ふあ、あぁぁあ…っ、友朗、さ……っ」

「紬」

長時間縛られて力が入らない腕を上げ、背後の彼の頭を引き寄せた。また貪《むさぼ》りあう唇。身体の奥底から悦びが込み上げてくる。そして一番奥深くまで彼が押し入ってきた時、全身が蕩《とろ》けるような絶頂に包まれた。

「ふああ――――…っ」

「ぐっ…！」

短い呻《うめ》きと共に、熱い迸《ほとばし》りが体内にぶちまけられる。満たされる感覚に酔《よ》いながら、紬は震える瞼《まぶた》を力なく閉じた。

「……腹減らねえ？」

「うん……」

窓《まど》の外は夕闇《ゆうやみ》に染まっている。ベッドの上でなんとなく離れがたく寄り添っていたが、やがて友朗の腹から空腹を告げる合図が放たれた。紬も正直、空腹を覚えている。だが、気怠《けだる》くて動きたくない。

「食いに行くのも面倒くせえんだよな……。デリバリー頼むか。なんか食いたいもんあるか？」

「まかせます」

そう言うと、友朗はスマホでアプリを開き、適当なものを注文した。

「身体平気か？」

気遣ってくれる言葉に、こくりと頷く。

「やり過ぎて、怒ったらどうしようって思った」

「それは……」

怒るべきなのだろうか。だが、道具を使うというのも指南書に書いてあったことだ。紬が怒る道理はない。あまりに感じすぎて恥ずかしい思いをしたが、それは紬に責任があることなのだ。

「僕が悪いので」

「なんでだよ。お前だって別に悪かねえだろ」

「はしたない真似をしてしまったし」

「そういうの好きだって言ってんだから、問題ねえだろ」

そうだろうか。こればかりは何度身体を重ねても慣れない。

「お前のそういう、恥ずかしがりなところも好きだけどな」

汗《あせ》が引いた肌を、彼の乾《かわ》いた手がさらさらと撫でていく。とても心地《ここち》よいと思った。そうか、こういうのを安心、というのだ。

「眠いか？」

「うん……」

「寝ていいぞ。飯届いたら起こしてやるから」

「ん……」

心地よい疲《つか》れに包まれ、紬は眠りの中へと落ちていく。こんなに満ち足りた日は初めてだと思った。


空は暗く、月の姿は見えなかった。新月の夜は星の光がいつもよりも大きく見える。

眠る友朗の横で紬はゆっくりと起き上がる。安らかな寝息を立てて、彼はよく寝ていた。今日はとびきり淫らな行為をした後、二人でデリバリーの食事をし、一緒に風呂に入って眠りについた。

紬は時計を見る。時刻は午前四時。夜明け前のこの時間が最も暗く、儀式《ぎしき》にふさわしい時間だった。

紬は自分の体内を精査《せいさ》した。身体の隅々《すみずみ》にまで力が満ちている。女神《めがみ》の力は、もう充分に定着したようだ。

「――――」

軽く息をつき、自分の中で気を練《ね》る。いつも祓いに使っている波動がふんだんに溢れ出してくるのを感じた。

「――――神々に申し上げる。清き祓いの力をここに示す」

口の中で小さく祝詞《のりと》を唱《とな》えた。何度か印《いん》を結《むす》び、眠る友朗の上を何度か払《はら》う仕草《しぐさ》をする。それを繰り返し、紬は両手を組み合わせて印を結んだ。紬の目には、友朗の上に強力なバリアが張られるイメージが作られる。

――――終わった。

あの女の怨霊《おんりょう》と友朗を繋ぐ糸は完全に途切《とぎ》れた。ここに祓いが完成したのだ。

紬はそっとベッドを降りると、寝室の窓を開け、ベランダにそっと出てみた。もうすぐ夜が明ける。東の空の縁が、ほんの少し明るくなっているのが見えた。

紬は目を閉じ、先ほどと同じように祝詞を唱え、印を結ぶ。すると辺りの空気が一気に浄化《じょうか》された感覚がした。目を開けて視覚のスイッチをオンにする。こうすると、紬には有象無象《うぞうむぞう》の霊が見える。

だが、マンション一帯の土地には、ほんの小さな思念《しねん》の塊《かたまり》すらも存在しなかった。紬が新しい力でもって、建物とその周辺の浄化を一気にやってのけたのだった。

(これでもう、大丈夫だ)

彼はもう呪いに苦しめられることはない。

そして、紬の役目も終わったのだった。

二ヶ月ぶりくらいになるだろうか。そろそろ年《とし》の瀬《せ》に入ろうかという頃、紬は神社に帰ってきた。

社殿《しゃでん》の前で祖母に迎《むか》えられる。

「ただいま」

「――遅かったね。年内には帰って来ないかと思ってたよ。首尾《しゅび》はうまくいったのかい？」

「うん」

何も言わずに目の前に立つ孫息子《まごむすこ》を、祖母もまた黙《だま》って見上げた。

「女神下ろしはちゃんとできたみたいだね」

「うん」

「……よくがんばったね。えらいよ」

「うん……」

それしか言えない紬の背を、祖母は、ぽんっと叩《たた》いて促《うなが》してくれる。

「さ、入りなさい。少しゆっくりするといい」

「……お祖母《ばあ》ちゃん」

紬はその時初めて口を開いた。

「これでよかったんだよね」

「……さてね。あたしは無責任だから、何にも言えないね。選ばれた者の苦悩《くのう》なんざ、あたし程度じゃ理解してあげることなんかできないよ。でもあんたは立派にお役目を果たした。それは誇《ほこ》っていい」

「……そっか」

紬はやっと、小さく笑った。

これでよかったんだ。

紬は友朗の祓いを終えた後、彼に黙ってマンションから出てきてしまった。

自分は普通の人のような幸せは望めない。だから彼の側にはいられないと思って姿を消した。別れを告げなかったのは自分の弱さだ。もし引き留められでもしたら、自分はきっと揺れてしまうだろう。

(まだ未熟《みじゅく》だな)

引き換えに大きな力を手に入れたというのに、こんなことで心を波立たせていてはいけない。彼のことは忘れなければならないのだ。

「紬」

祖母が紬に呼びかける。

「こうなることはわかっていた。恨《うら》むならあたしを恨みなさい」

祖母は何があったのか、すべてを見通しているようだった。紬は小さく笑い、首を横に振る。

「ううん。自分で決めたことだから」

役目を果たすことを決めたのも、彼の元から去ることを決めたのも。

人の状況《じょうきょう》はすべて、自分の選択《せんたく》の結果で成り立っている。それは紬とて同じことだった。

「そうかい」

祖母はそう言うと、それ以上は何も言わなかった。


再び神社での生活が始まると、東京にいた時がまるで夢の世界の出来事のように感じる。

人の洪水《こうずい》、夜の光の波。至《いた》るところに闇《やみ》があり、けれど人の営みが美しいところだった。

(この緋袴《ひばかま》を着るのも久しぶりだな)

紬はまた神社の隠《かく》し巫女《みこ》として、祖母の手に余る案件をこなしていくのだ。いつもの日常に戻るだけ。粛々《しゅくしゅく》とお勤めをこなし、彷徨《さまよ》う魂《たましい》を浄化《じょうか》していく。

自室に使っていた六畳間は冷え冷えとして寒かった。もともと私物は少ない。紬は友朗の家から出て行く時、彼にもらった衣服等は置いてきてしまった。それが道理だと思ったからだ。

「……あ」

だがバッグの底から、友朗に与えられたスマホが出てきた。これだけ返しそびれてしまって、どうしようと考える。電源を入れてみると、まだ使えるようだった。

ひょっとしたら着信とメッセージアプリに連絡が来ているかもしれないと思ったが、予想に反して一件もなかった。

まあそうだよな、と思う。おそらく友朗はひどく怒っているのだろう。当然だ。挨拶《あいさつ》もなしに荷物を纏《まと》めて出てきてしまったのだから。だから紬が寂しいなどと思う資格もないのだ。

「――――……」

紬は友朗が主戦場としていた動画投稿サイトを開く。そこには彼のチャンネルが登録されていた。ずらっと並んだ動画のサムネイルに彼がいる。けれど、手を伸ばしてももう届かないのだ。

（スマホが使えなくなるまで、動画だけ見させてもらおう）

一視聴者《いちしちょうしゃ》として閲覧《えつらん》するだけならば構わないだろう。そういえば彼のマンションにいた時には、彼の動画を見たことがなかった。会えなくなった今は、これだけがよすがになってしまったが。

そして目に止まったのが、彼が呪われる原因となった廃旅館《はいりょかん》での探索《たんさく》動画だった。

『トモローが妹と行く呪われた廃旅館！　何かが聞こえる⁉』というタイトルがつけられてい

る。もちろんその後にも動画はいくつも投稿されているが、紬のことを扱《あつか》ったものは一本もなかった。

(どうして撮らなかったんだろう)

最初のほうは、友朗もその気だったはずだ。けれどいつしか彼はその件についてカメラを回すのをやめてしまった。妹のかなみが言う通り、かなりの数字が見込めるはずだというのに。

『俺にも見られたくないことがあるんだよ』

彼はそんなふうに言っていた。それはどういうことなのか、結局は聞かずじまいだったが。

神社に帰ってきて一週間ほど経《た》っても、紬のスマホは未《いま》だに使えていた。面倒《めんどう》で契約《けいやく》を解除《かいじょ》するのを忘れているのかもしれない。こちらから連絡を一本入れたほうがいいだろうか。メッセージアプリで一言送るだけでいい。

けれど、その返信で紬を責めるような言葉が返ってきたら?

(馬鹿《ばか》だな。そんなの当たり前だろうに)

突然、目の前から消えてしまった自分に、彼がいい印象を持っているはずかない。なじられても仕方がないのだ。

だが紬はアクションをとることが出来ず、スマホが使えなくなるのを待っていた。

そんな時、紬の肉体に異変《いへん》が起こる。

「んっ……、っ⁉」

いつものように、境内《けいだい》の掃《は》き掃除《そうじ》をしている時だった。突如《とつじょ》、体内に覚えのある疼きが突き上げてくる。紬は手にした箒《ほうき》で身体を支えていたが、やがてそれも耐えられなくなり、箒を放り出して自分の部屋へ駆《か》け込んだ。

「は、っ……、あっ」

「紬⁉」

見ていたらしい祖母が、部屋の外から声をかけてくる。

「大丈夫か、紬⁉」

「だい…じょうぶだよ、お祖母ちゃん」

変な声が漏れてしまわないよう、紬は必死で口を手で押さえながら答えた。

「ごめん、お祖母ちゃん、自分で処理《しょり》できるから……、向こうに、行って」

祖母が一瞬押し黙る気配が伝わってきた。だが、その後に一言「わかった」と言って、足早に部屋の前から去って行く。その足音を聞き、紬はほっと息を吐いた。

(やっぱり、来た)

これは教本の最後の頁《ページ》に書いてあったことだった。友朗もそこまでは見ていないだろう。

――もしも祓いの対象に過剰《かじょう》に心を寄せてしまった場合、得た力は情欲《じょうよく》となり、不埒《ふらち》な熱を持つようになってしまう。

（こうなることは薄々《うすうす》わかっていた）

身体中を這う彼の指と唇、そして熱く逞《たくま》しい男根。だがここにはそれがない。自分でなんとかするしかないのだ。

紬は押し入れの中から木箱を取りだし、蓋《ふた》を開けた。中には木製の男根を模《も》した張り型が収められている。紬が自身の身体を準備していた時に使用していたものだ。箱の中には香油《こうゆ》の瓶《びん》も一緒に収められている。それらを取り出すと、紬はもどかしげに袴《はかま》を脱ぎ捨てた。

瓶を開け、香油を手に取る。その指を後ろに持っていき、すでにヒクついている後孔に差し込んだ。

「んん、あうっ……」

下腹をツン、と突き上げる、久しぶりの感覚。紬の肉環は指を呑み込んでいった。思い切って中をかき回すと、泣きたくなるような快感が込み上げてくる。

「あは、あっ……！」

だが紬の細い指では、すぐに物足りなくなる。震える手で張り型を摑むと、それも香油で濡《ぬ》らし、畳《たたみ》の上に立てるように置いた。

「っ……」

内奥が疼く。早くこれを咥《くわ》えたくてたまらない。紬は張り型の上に腰を持っていき、その上に降ろしていった。先端が肉環に触れる。

「うっ……あ」

ぬぐ、と肉環がこじ開けられた。腰がそれを咥え込もうと勝手に下がっていって、ぬぷぬぷと中に入ってくる。

「あ、は、あ…あっ」

気持ちよさに、じわりと涙《なみだ》が滲《にじ》んだ。友朗に抱かれる前までは張り型のほんの三分の一ほどまでしか挿入できなかったが、今は上手に半分以上も呑み込んでしまえる。友朗の怒張を何度も受け入れ、いっぱいにされて、紬の肉洞はすっかり快感を覚えてしまったのだ。

「う、ん…あっ、あっ、あっ！」

腰を上下させると、堪えきれない声が漏れる。紬は脱ぎ捨てた緋袴を口に咥えた。我慢《がまん》できずに腰を上下させると、じゅぷじゅぷという卑猥《ひわい》な音が響く。

「ん、んぅぅう……っ」

駄目だ。もうイく。

そう思った瞬間に、紬は全身を震わせて達してしまっていた。肉茎の先端からびゅくびゅくと白蜜を噴き上げる。友朗の家からこちらに帰ってきて以来、セックスどころか自慰《じい》もしていなかったので、久しぶりの刺激でひとたまりもなかった。

（あ、もっと、奥……っ）

奥はもっと気持ちがよかった。友朗はいつしか紬の最奥を狙《ねら》って突き上げるようになったので、自然とそこが好きになってしまったのだ。ずうん、と深くぶち当てられると、身体中が総毛立つほどに感じてしまう。

「ん、う、くぅんんんっ……！」

張り型を根元近くまで呑み込んで、紬は仰け反った。声を殺すつもりで噛《か》んだ緋袴も口から滑り落ちてしまう。

「あ、ん――――あ」

身体が望むままに腰を揺すると、もう制御《せいぎょ》できない快感が襲ってくる。誰もいない部屋で一人快楽《かいらく》に耽《ふけ》っている紬は、一匹《いっぴき》の淫《みだ》らな獣《けもの》だった。これからはこうして、一人で熱を鎮《しず》めなければならない。それがどんなに惨《みじ》めなことだとしても、受け入れるしかないのだ。

彼のことを、好きになってしまったのだから。


「は…あ、はあ、んん……っ」

部屋の中に敷いた布団の上で、紬は自分の身体を愛撫していた。乳首を摘《つ》まみ、股間でそそり勃つ肉茎を扱き上げる。尻奥の後孔には、張り型が深々と刺《さ》さっていた。

「ああ…うう……っ」

上気した紬の肌で、部屋の温度も上がっているようだった。

紬はあの日から一人で身体を慰《なぐさ》めている。疼きは昼夜関係なく襲《おそ》ってくるが、昼間はまだ耐えられた。だが夜になると我慢できない。敏感《びんかん》になった身体を持て余し、張り型でどうにか治めている。

友朗の優しく巧《たく》みで、淫らな愛撫が欲しくなる時がある。けれど彼に抱かれることはもうない。きっと紬のことを怒っているに違いないからだ。

「あっ、あっ、あぁぁあ……っ」

絶頂が訪れ、大きく仰け反った肢体《したい》をびくんびくんと震わせる。握った肉茎の先端から白蜜が零れた。

「は、あ……っ」

行為が終わると、いつも虚《むな》しさがやってくる。祖母は何も言わない。こんな古い日本家屋では防音性《ぼうおんせい》も何もないから、気づいているはずなのに。自分の孫が夜な夜な自慰で喘ぎ声を上げているだなんて、どんなふうに思っているんだろう。

ある日のことだった。

その日、動画サイトを開いた紬は、目に飛び込んできたサムネイルの画像と文章にぎょっとする。

『人気配信者・トモロー。車内で熱いキス！　相手は男？』

「え……っ？」

それは、車を外から撮った写真だった。見覚えがある。これは友朗の車だ。そしてこの風景もどこかで見たような気がした。

――あれはあの時の、工場地帯の夜景を見に行った時だ。

紬は震える指でその動画をクリックする。すぐに軽快《けいかい》な音楽と、明るい男の声が聞こえてきた。

『登録者数三百万人超えの人気配信者、トモローさんがですね、車の中で熱いキスを交わしていたというわけなんですね。しかも相手はどうやら同性らしいんです。いや、今時そういうのってめずらしくないですけど、あのトモローさんですよ。以前アイドルの矢神美香子《やがみみかこ》さんとお付き合いしていたというのに、女も男もお構いなしなんでしょうかねえ』

撮られた写真は、ちょうどフロントガラスが光に反射《はんしゃ》して、紬の顔を隠していた。

（あの時の……。どうしよう。でも……）

その動画につけられていたコメントを恐《おそ》る恐《おそ》る見てみたが、皆、友朗が同性と口づけを交わしていたことを驚いているような内容だった。中にはそれを尊《とうと》いなどと喜んでいるコメントもある。そして少数ではあったが、友朗がホモだったなんて気持ち悪い、という内容だった。

ネット上で一気に批判《ひはん》が集まることを炎上《えんじょう》というらしい。今回のことが炎上しているとは思わないが、騒《さわ》ぎになっていることは確かだ。

(友朗さんに連絡したほうがいいだろうか)

未《いま》だに解約されていないスマホを握りしめ、紬は考え込む。騒ぎになってごめんなさい。そう謝らなければならないと思う。あれは無理やりされたキスじゃない。紬も受け入れていた。だから責任は同等のはずだ。

だが、紬には彼に連絡する勇気がなかった。今更《いまさら》何をと思われるだろうし、このことで紬のことを怒っているかもしれない。自分がこんなに臆病《おくびょう》だったなんて、初めて知った。

そして次の日、友朗のチャンネルに新しい動画が上がった。タイトルには『今回の騒動《そうどう》について』とある。そこにはジャケットを着た友朗が、生真面目《きまじめ》な表情で映っていた。

紬は少し迷《まよ》ってから、その動画を再生する。

『トモローです。今回は車の中での写真のことで皆様をお騒がせしてしまい、大変申し訳なかったです』

これは謝罪《しゃざい》動画というやつだ。配信者が何か問題を起こしたり、炎上したりした場合、きちんとした服を着て謝るのだと教わった。

やはりこれは謝るようなことなのだ――と紬が思った時、彼は憮然とした表情になる。

『これは俺のチャンネルを見てくれている視聴者の皆さんに対して、びっくりさせてしまったことのお詫《わ》びです。俺自身は、この写真に関して何ら恥じるところはありません。ただ好きな人とデートしていただけです。むしろ人に黙って何盗《ぬす》み撮《ど》りしてんだよって感じです』

友朗はやや強めの口調で告げる。

『彼の身元は伏せます。俺が本当に謝らなければならないのは、こんな形で世に出てしまった彼に対してです。彼はつい先日、俺のところを出ていきました。もしかしたら、嫌われたのかもしれません。なのにこんなラブラブみたいな写真が出てしまって、馬鹿みたいに浮かれていた時のこと思い出して、めっちゃヘコんでます』

――そんな。

嫌ってなんかいない。今でも彼のことが好きだ。けれど、彼もそう思っていたというのだろうか。

だが、確かにそう思うのも無理はないだろう。紬は彼のところから出ていく時、ただ『あなたはもう大丈夫です。ありがとうございました』という書き置きだけを残して出てきた。肝心《かんじん》なことは何一つ書いていない。それでは、彼が嫌われたと思っても無理はない。

そんなことに今更気づいてしまった。目の奥が熱くなる。

『今、もう彼とは会えていないんです。彼が出ていった時、俺は彼に何も連絡しませんでした。

もうお前とは終わりだ、みたいに言われた気がして、それを確かめるのが怖かったっつうか。それが確定的になったら二度と立ち直れないような気がして。……ああ、ダサいな俺』

友朗が自嘲《じちょう》するように笑う。胸が締め付けられる。

『でも今回の騒動はいいきっかけになった。俺はまだちゃんと振られていない。振られていないうちは、まだ望みがあるってことだと勝手に思い込む。彼のところに行ってきます。もし今度こそダメだったら、慰めてくれよな。じゃ、最後まで見てくれてありがとう』

友朗は片手を上げ、口の端で笑った。

『――最後に。もし、この動画見てたら』

友朗の強い視線が、カメラを通り越してまっすぐに紬のほうに向けられる。思わず息を呑んだ。

『お前がどう思おうと、お前は俺達と同じ人間だから。そうでないっていうんなら、俺が手を繋《つな》いでる。お前がこっち側にいられるように。ずっと手を繋いでる。今度こそ離さないから』

「――」

これは紬に向けたメッセージだ。彼の意志が、念《ねん》が、紬の心臓《しんぞう》をまっすぐに射貫《いぬ》く。

動画はそこで終わっていた。その下におびただしい数のコメントがついている。

『なんか泣いちゃった。トモロー、がんばって！』

『トモローのこと応援《おうえん》する』

『事情はよくわかんないけど、彼氏さん出ていっちゃったんだよね？　それならもう追いかけずにそっとしておいたら？　ムダに傷つくだけだと思う』

『アイドルとか女性配信者を食い荒《あ》らしていたトモローが本気になったか……。何があるかわからないものだな』

視聴者のコメントは、ほとんどが友朗に好意的なものだった。紬は激しく混乱しながらも、必死で考える。どうしたらいいのだろう。どうするのが正解なんだろう。

――いい。考えるのはやめだ。

紬は立ち上がり、部屋を出た。緋袴のまま、衝動《しょうどう》のままに走り出す。東京へ向かおうと思った。彼と会って、謝って、正直にならなければ。

その時、社務所《しゃむしょ》の前で祖母が誰かと話しているのが聞こえた。

「紬、いますよね」

「人の孫を呼び捨てかい。あんたはもうここには用はないはずだろ」

「あるよ。すげえ大事な用があるんだ」

その声を聞き、紬は玄関まで飛んでいく。さっき聞いた声。けれど、もうとても懐《なつ》かしく感じる声。

「――――友朗さん」

「紬」

そこにいたのは確かに友朗だった。およそひと月ぶりに見る彼は、やはり都会的でかっこよくて眩《まぶ》しい。違う世界に住む人のように思える。

友朗は紬を真っ直ぐに見つめて言った。

「紬。話がしたい」

「はい」

紬は頷《うなず》いた。もっと早くにこうすべきだったのだ。

「……はあ、まったく仕方がないねえ」

祖母がやれやれと言った声を出す。懐《ふところ》から鍵《かぎ》の束《たば》を取り出して紬に手渡した。

「戸締まりはちゃんとするんだよ」

「お祖母ちゃん？」

「あたしは今日、ノリちゃんのとこに泊まってくるから。明日の朝には帰るよ」

ノリちゃんとは麓《ふもと》の町にいる祖母の友人だった。

「お祖母ちゃん」

「まあね。もうそんな時代じゃないってことかね。あんたは立派に役目を果たしたんだから、好きに生きてもいいんじゃないかい」

あとは二人で話し合いな、と言って、祖母は友朗の腕を、ぽんっと叩いて出ていった。玄関の引き戸が開いて、ぴしゃん、と閉まる音が響き、後には自分と友朗だけが残される。

「……久しぶり」

「友朗さんも」

「ちょっと瘦《や》せたんじゃねえか？」

友朗が紬を見て首を傾《かし》げた。心配してくれたのだろうか。誰かに気を配ってもらえるということは、どこかくすぐったい思いだった。

「どうぞ、中に」

「ああ、うん」

お邪魔《じゃま》します、と言って、彼は玄関から上がってきた。廊下《ろうか》を通り、紬の部屋に招《まね》き入れる。入り口の引き戸を閉めた瞬間、友朗に突然、抱きすくめられた。

「……っ」

「――会いたかった」

紬の肩口に埋《うず》められている彼の顔は見えない。けれどその振り絞《しぼ》るような声は、友朗がどんな気持ちでいたのかを表していた。

「キスしたい。してもいい？」

「――」

紬は顔を上げ、友朗の顔に指で触れる。するとすぐに顎《あご》を捕《と》らえられ、嚙みつくような口づけに襲われた。

「っ、ん……っ」

してもいいかと問うてきたわりには、ずいぶんと強引な口づけ。けれどそんなふうに強く求められるのは嬉《うれ》しかった。舌を捕らえられて吸われて、頭の芯が痺《しび》れる。この感じ。

「……っ」

長々と続けられる口づけは、まるで罰《ばつ》のように紬を責める。何故《なぜ》逃げたのだと呵責《かしゃく》されているようだった。構わない。もっと責めて欲しい。

「ふぁ…っ」

ちゅく、と音がして舌が離れる。紬の目元が赤く染まっていた。連日、疼く身体を持て余している紬には、いささか刺激の強い口づけだった。

だが紬は肉体の欲求を抑《おさ》える。彼は話し合いに来たのだ。そんなはしたない姿は見せられない。今度こそ嫌われてしまう。

「悪い」

紬は首を振りながら口元を拭《ぬぐ》う。押し入れから座布団《ざぶとん》を出し、彼に座るように勧めた。

「――――ごめんなさい」

開口一番、紬は謝罪した。

「黙っていなくなったりして」

「ほんとだよ」

友朗はわざと軽い口調で言った。

「あの後、俺がどんだけ荒れたと思ってんの」

そう言われると紬は何も言えなくなる。だが彼は続けた。

「けど、俺よりお前のほうがヤバいことになってるんじゃねえの」

「え」

「さっき、そこでお祖母さんと会った時、最初に言われたんだよ。俺のせいで紬が苦しんでるって。……心当たりはあったんだ。指南書の最後のほうに書いてあったろ」

「読んだんですか」

「読んだ」

紬は、ざっと友朗から後ずさった。知られた。自分が今どんな状態になっているのか、彼に。

「紬」

「触らないでください」

先刻《せんこく》の口づけで身体の熱が上がりかかっている。これ以上触れられて、友朗に自分の最低な姿を晒《さら》したくなかった。

「俺を祓ったせいなんだろ。俺の責任だ」

「違います！」

思わず、声を荒げてしまう。

「これは僕の過失です。あなたのことを、好きになるべきじゃなかった」

「そんなこと言うな！」

彼が怒ったような気配が伝わってきて、びくりと肩を竦《すく》める。

「過失とか言うなよ……。間違いなんかじゃねえよ」

「……ごめんなさい。あなたが悪いわけではないんです。ただ僕は、普通の人間のような人生は送れない。人を好きになって、結ばれてなんて、そんなことは無理なんです」

「なんで」

「僕が見ている世界は、死に近い世界です」

紬は幼い頃から、死の世界を見てきた。それは生者の世界と背中合わせにあるもの。生きながらにして死を見続けるということは、半分そちら側にいるということだ。祖母もいつも言っていた。その覚悟を持てと。

「僕は多分、あまりいい死に方をしないでしょう。人の業《ごう》を背負うということはそういうことです」

そう告げた時、友朗の表情が、ぐっと歪《ゆが》んだ。怒りと悲哀《ひあい》、苦悶《くもん》が混ざったような顔だった。

「動画を見ました」

紬はその表情を見ないようにして背を向ける。

「ひどいことをした僕に、それでも手を繋いでくれると言ってくださって、嬉しかったです。

ありがとうございました」

「……おいおい、勝手にまとめた気になってんなよ」

「すみません」

「もう謝るな」

友朗はそう告げると、声を落とした。

「動画を見たってことは、あの車の中での写真が流出したの、知ってんだろ。俺のほうこそ、すまなかったな」

紬は驚いて振り返る。

「友朗さんが謝ることでは」

「いや、俺くらいの配信者になると、ああいう写真を撮る連中も張ってるんだよ。まああれは、偶然《ぐうぜん》あの場に居合わせたって感じだったけどな」

彼らしい言い方に思わず笑いが漏れてしまう。それで少し場の空気が和《なご》んだ。

「マジで、お前が可愛いからって好き放題した。でも嬉しかったんだ。お前と過ごせて。もっと、ずっと一緒にいたい。好きなんだ、お前が」

どんなに丁寧《ていねい》に説得されるよりもストレートで真摯《しんし》な言葉が紬の胸を打った。彼と生きていきたいという誘惑《ゆうわく》に負けそうになる。

「お前側の事情とか俺はよくわかんねえよ……。でもなんかあったら、一緒に考えることはできるんじゃねえの」

「友朗さん……」

「それに、お前みたいな仕事してる奴で、動画配信してる奴もいっぱいいるだろ。その中にも普通に結婚《けっこん》して子供とかいる奴だっているぜ」

「結婚？」

「そう、結婚。するか？」

「できないでしょう」

勢い込んで言う友朗に冷静に返すと、彼は少しがっかりしたように肩を落とした。

「まあ、そうだな、うん……」

法律上ではまだ無理だ、と彼は続ける。

「それに、お前が大変なことになってるの、俺とエッチしたら治るんだろ」

紬の頬《ほお》がカアッ、と熱くなる。

「だ、だめです。友朗さんにそんなことさせるわけには」

「なんで！」

「僕に負い目とか感じなくていいですから」

「わかんねえ奴だなお前も！」

友朗はとうとう短気を起こして、それから気を静めるように、ふう、と息をついた。片方の手で自分の頭をかき回す。

「俺はそんな真面目な奴じゃねえよ。負い目なんかでここまで来ない。百パー自分がそうしたいから来た」

「……」

「俺は後悔したくないだけだ。あれからずっと、お前のこと考えてた。そんでやっぱり、お前のこと好きだって」

紬の口から長いため息が漏れる。

もう、いいだろうか。素直になっても。

「友朗さんのことが好きです」

自分でかけていた枷《かせ》が音を立てて壊《こわ》れる音がした。

「性格も立場も、厄介《やっかい》なことになっても、めんどくさい僕でもいいですか」

「厄介で面倒くさくて可愛いお前がいい」

食い気味《ぎみ》に返され、紬は少し面食《めんく》らった後で、おかしくなって笑ってしまった。


「お前の祖母さん、こうなることを予想して家空《あ》けたんかな」

「多分……」

布団を敷いた上に二人でなだれ込み、久しぶりの肌の感触を味わっている。

「俺、後で呪い殺されない？」

「わからない……。でも、そうなったら僕が祓うから」

「そっか。お前、あの祖母さんより強いもんな」

なら大丈夫か、と言って友朗はくすくすと笑った。それからふと真顔になって紬を見つめてくる。その熱っぽい眼差《まなざ》しに、もうすでに頭がぼうっとなりそうだった。

「いつもより身体熱いな」

「あっ」

大きな乾いた手が肌を滑《すべ》る感触にヒクン、と震えてしまう。身体の疼きは彼が現れたことによって、より一層《いっそう》大きくなっていった。

「俺がちゃんとするから」

そう言って唇が重ねられる。互《たが》いの口腔《こうこう》を味わうような淫らな口づけに、興奮が一気に昂ぶっていった。

「んっ、ん……っ」

気持ちよくて、鼻から抜けるような声が漏れる。舌だけをくちゅくちゅと絡ませ合う淫らなキスに、密着させた股間が蠢《うごめ》く。

「ん…っ、んぁ…っ」

互いのものがゆるゆると擦《こす》れ合う。そこから痺れるような甘い刺激が込み上げてきて、紬も刺激を求めるようについ腰を持ち上げてしまう。

「ああ…っ」

「すげえ先からダラダラ出てんじゃん」

紬のものも、もうすっかり感じ入ってしまって、先端から愛液を滴《したた》らせていた。下腹を濡らすそれが恥ずかしいが、どうにもならない。

(この熱いの、欲しかった)

自分の裏筋を彼のもので擦られて、どうにかなりそうな刺激が襲ってくる。

「こんなに腰へこへこさせちゃって……、可愛い」

「んんっ、あっ」

指摘されて、羞恥に泣きそうになる。けれど腰が止まらなかった。そのうち友朗のものからも先走りが出てきて、擦れる度にぬちゃちゃという音が漏れる。その卑猥な音に脳髄《のうずい》が灼《や》き切れそうに興奮した。友朗が互いのものを一纏《ひとまと》めに握り、密着が増す。すると快感も大きくなった。

「んぁあぁっ…！　ああっ」

「ほら、気持ちよくイこうぜ」

「ああっ！　んっんっ…、んん――…っ！」

「くっ…！」

腰ががくがくと痙攣する。互いのものからほとんど同時に精が放たれた。それは紬の下腹を濡らしていく。

「ん、んっ…、ふう、う…っ」

心地よい余韻《よいん》に紬は切れ切れの喘ぎを漏らした。

「自分でするより、俺にしてもらったほうがイイだろ？」

「ん……っ」

もう一度、唇が重なってきたので彼の首に両腕を絡《から》めて応《こた》えた。一頻《ひとしき》り舌を吸い合って、友朗の唇が紬の身体を降りていく。胸の突起《とっき》に吸いつかれて、びくん、と上体がわなないた。

「あ、あっ！」

敏感な胸の粒《つぶ》を、舌先が転がしていく。くすぐったいような、痺れるような甘い感覚。

「ここもう、ビンビン…」

「んんあっ、あ、は、あああ…っ」

もう片方は指で弾《はじ》かれている。カリカリと何度も引っかかれたり、指で摘まれたりしていると、二つの突起はぷっくりと膨れ上がって卑猥な朱色《しゅいろ》に染まる。

「ああっ…、そ、そこ、もう、そんな…にっ」

いつもしつこく弄《いじ》られてしまう乳首は愛撫に鋭敏《えいびん》に応えてしまう。胸と腰の奥の感覚がどういうわけか繋がっていて、乳首で感じてしまう毎《ごと》に内奥がずくずくと疼いた。軽く歯を立てられると、泣きそうな声が上がる。

「ふあっ、あっ、あっ……」

「気持ちいい？」

「ん…っ、ぅんっ、気持ち、いい……っ」

乳暈にねっとりと舌を這わされ、焦《じ》らすようにされたと思うと、ふいに突起を咥えて吸ってくる。紬はその度に背を反らして喘いだ。

「あ、あ――……、いっ、く、っ」

舌先で押し潰すようにされて、腰が持ち上がる。軽く達してしまった紬は思わず啼泣《ていきゅう》した。

「い…っ、イく、ぅ……っ」

「よしよし、いい子だ」

友朗の頭が更に下がっていく。臍の中に舌先が差し入れられ、つぷつぷと犯されたと同時に、両脚を大きく開かされた。

「んあっ」

恥ずかしい場所が外気に触れる。そこに彼の頭が沈んでいって、腰骨が灼けるような快感が押し寄せてきた。

「あはああっ、ああ――……っ」

濡れた屹立《きつりつ》が熱い口内に包み込まれる。全体を、じゅううっと吸われ、腰が抜けそうになった。友朗の舌がねっとりと絡みついてくる。

「あ、ああ…っ、うう…っ」

それをされると、どうしたらいいのかわからないくらいに感じてしまう。身体中を紅潮《こうちょう》させ、紬は何度も仰け反った。脚のつま先まで痺れてひくひくと指がわななく。

友朗は深く咥えていた紬のそれを一度口から出すと、根元から裏筋をちろちろと舐め上げてきた。

「ふあっ、ア、ああ…っ」

「お前、ここ虐《いじ》められんのほんと好きな」

時折、じゅうっと吸いつかれると、気が遠くなりそうになる。

「う、ふぅっ…んんっ、す、き、好きぃ…っ」

そこで蠢く舌によがらせられ、紬は我を忘れた。恥ずかしい言葉が止めどもなく口から漏れてしまう。

(ああ――もう、どうにでもして欲しい)

彼になら、何をされてもいいと思った。どんな恥ずかしいことも、少しくらい痛いことも、友朗なら悦びに変えてしまえる。

「あっ、あっ、イく、イくうう……っ」

限界を訴《うった》える紬に、彼はまた紬の肉茎を咥える。そして唇で締《し》めながら、強く弱く吸い上げた。

「あううっあっ、んぁぁあぁ…っ」

思考が飛んだ瞬間、友朗の口の中で白蜜が弾ける。下半身をわななと震わせながら強烈《きょうれつ》な絶頂に耐えた。

「あう、う…っ、っ、あっ！」

けれどそれで終わらなかった。紬は両脚を更に持ち上げられ、胸に膝《ひざ》がつくような格好をさせられる。驚いて身じろぎしようとするがどうにもならない。

「な、なに、んあっ」

高く持ち上げられた下半身の双丘が押し開かれ、窄《すぼ》まりが現れる。そこは紬が淫具を味わっていたおかげで柔《やわ》らかく綻《ほころ》んでいた。

「ふ、ううんっ」

ぴちゃり、と後孔に舌が押し当てられる。舌先が肉環の周りを焦らすように舐めていって、そこが、じいん、と疼いた。

「やあ、あ、あ…っ」

「ここも、俺のだからな……」

つぷ、と舌が入って来て、肉環がこじ開けられる。先ほど自分が吐き出したものを、そこに注ぎ込まれ、内壁がじくじくと快楽を得るのだった。

「あ、ん、ああ…うう…っ」

くちゅり、くちゅり、とそこから音がする。友朗が紬の後ろを舌で抉《えぐ》っている音だ。恥ずかしさと、それを上回る快感に啜《すす》り泣きが漏《も》れる。

「あひ、ぃ…っ」

(挿《い》れて欲しい)

一人でしていた時、考えていたのはいつも彼の熱く脈《みゃく》打つモノだった。血管さえ浮いているそれを根元まで突き入れられ、容赦《ようしゃ》なしに何度も突き上げられたい。

それなのに今、飢《う》えてヒクつく内壁をちろちろと舌で舐められていた。気持ちのいいもどかしさに、肉洞の壁がありえないほどに収縮《しゅうしゅく》している。

「あっ、あっ、……いれて、欲し…っ」

「うん…、俺も奥まで挿れたい。……ぶち抜いていい?」

紬は何も考えられずにこくこくと頷いた。

「お、おく、すきっ……」

「そうだったよな」

下半身が降ろされる。もう力の入らなくなったそれは、くたりと開いたままだった。

「奥、いっぱい犯《おか》してやるからな」

こいつで、と彼は見せつけるように自分のものを握る。それは悠々《ゆうゆう》と天を仰《あお》ぎ、まさに凶器のような状態になっていた。腹の奥が疼く。

「あっ、き…て…っ、友朗、さ…っ」

受け入れる体勢を取らされ、ひくひくとわななくそこに押しつけられるとたまらなくなった。

「んぁぁっ、あっ、ア、……んぅあぁ…っあ……っ、は、はいって…くる、う…っ」

「……っく、すげ…っ」

ずずっ、と音を立てながら友朗の怒張が挿入されていく。その瞬間からぞくぞくする波が止まらなかった。

紬はそこからもうずっと達していた。欲しかったものが与えられて、喜悦《きえつ》が身体中を満たしていく。

「ああっ、ああっ！」

「イってる？」

「あ、と、とまらな…っ、あぁっいい……っ」

紬は身体の下のシーツを強く握りしめた。感じる内壁をすべて擦られて、全身が発火したようになる。涙が止まらなかった。それなのに、友朗はそんな紬の最奥を、ずうん、と強く突き上げてくる。

「～～～っ」

声にならない悲鳴が上がった。絶頂が身体中を駆け巡《めぐ》る。そのまま立て続けに、ずん、ずん、と腰を使われて、何が何だかわからなくなった。

「あ…っひ、あっあっ、んんあぁあ……っ！」

友朗は手加減《てかげん》をしなかった。情欲の火のついた身体を揺さぶるように、浅く深く、速く遅く突き入れてくる。紬の中にいくつかある弱い場所もまんべんなく擦られ、抉られ、熔《と》けてしまうのではないかと思った。

「久しぶりだから、あんま保《も》たねえな……っ」

「あ、っ…！　い、いい、出して、なか……っ！」

この腹の中を彼の精で満たしたい。そんな欲求を口に出してねだる。額《ひたい》に汗《あせ》した彼がにやりと笑った。

「じゃあ遠慮《えんりょ》なく……っ」

「んあっ、ああっ、あ、熱っ…！」

相当、堪えていたのか、友朗はすぐに紬の中に精を叩きつけた。内壁に火傷《やけど》しそうなほどの熱を得て、紬もまた達してしまう。どくどくと脈打つ彼を強く締めつけた。

「んあ――…っ」

抱きしめてくる逞しい肉体もまた燃えているようだった。きつく抱きしめられ、多幸感《たこうかん》が紬を包む。

「……あ、ううっ…」

だが、まだ絶頂の波も引かないうちに彼がまた動き出した。内部に出されたものが攪拌《かくはん》され、ぐちゅん、という音を立てる。

「あ、あっ、ま、まだ、イっ……」

まだイっているから少し待って欲しい。そう訴えたかったのに、友朗はお構いなしに律動を再開した。

「あっ！　ああっ、ああ…んんっ！」

そして紬はその快楽をすべて呑み込んでしまう。彼の腰にすんなりと伸びた両脚を絡ませ、友朗の動きと合わせるように腰を蠢かした。そして友朗のものの先端が、紬の最奥の壁《かべ》をノックする。

「うあ、あああぁあ」

電流が走ったような快感に身を捩《よじ》らせた。そこに当てられると、正気を失うようなほどの快楽に見舞《みま》われてしまう。

「や、ああっ、そこ…っ」

「紬、この奥…、ここに這入《はい》りたい」

「ん、え…?」

紬はきつく閉じていた目を開いた。そんなところに這入れるのだろうか。

「む…無理、それっ……」

「無理じゃない。死ぬほど気持ちいいらしいぜ」

なあ、いいだろう？　と耳を食《は》まれながら囁《ささや》かれる。そんなふうにされたら、すべて許してあげたくなってしまう。彼にされて嫌だったことはひとつもないのだから。

「紬」

「わ、かった……」

「無理そうなら、すぐやめる」

「うん……」

楽にして、と言われ、紬は身体の力を抜こうと努めた。さっきの場所に再び圧力がかかる。

「ん、あっ⁉」

ぐぐ、と押しつけられた男根の先端が、最奥をこじ開けようとした。すると紬のそこが、くぱ、と口を開ける。男根がそこをぶち抜いていった。

「──〜〜〜」

あまりの快楽に声すら上げられない。紬はひくひくと身体を震わせながら、最奥を犯される快感に滅多《めった》打ちにされた。その一瞬で理性などすべて吹《ふ》き飛んでしまい、ただ快楽を貪《むさぼ》るだけの存在になる。

「ひ、ぁ――……っ、あ、んん、ア」

「すげっ……！」

友朗も、もう何も言えず、ひたすら腰を振っていた。紬の目の前がちかちかと明滅《めいめつ》する。

「やっべえな、これ…っ」

「ア、す、ご…い……っ、〜〜〜〜っ」

断続的に襲い来る絶頂。いや、それよりも、ずっと達しているといったほうがいいだろう。切れ目のない極みは、ある意味、苦痛の一歩手前かもしれない。だがそれよりも、彼が可能な限りの紬の中に這入っているという事実が、ただ嬉しかった。身体がバラバラになりそうな快楽。

どこからが自分でどこからが彼なのか、その境目《さかいめ》すらもあやふやになりそうなほど、ドロドロに絡み合って、そして満たされ尽《つ》くしたのだった。

『トモロウズチャンネルのトモローです。先日上げた動画に、たくさんの反響《はんきょう》ありがとうございました。えー、一応ね、その後のことなんですけど、どうにかなりました。つか、どうにかした。なり振り構わず追いかけた甲斐《かい》があったわー。彼がもう一度、俺の側にいてくれるって言ってくれたんですよ。すごくね？　まあ、彼の仕事の関係で、前みたいに東京の俺んちにずっといるってのは難しいんだけど、そんなのなんとでもなるっしょ。あー、とにかくよかった。寿命《じゅみょう》が延びたわ。応援のコメントくれた人、どうもな。そんなわけで、ご報告でした。これからも色々と動画上げてくんで、よろしくね！』


「いや、いいねー、高速Wi-Fiってのは。今までとは全然違うよ」

友朗が設置した機器に、紬の祖母の敬子《けいこ》はご満悦《まんえつ》だった。

「こんな山の中じゃ電波の飛びも悪いからな。いいやつ置いといたぜ」

「紬の相手があんたでよかったよ」

にこにこと上機嫌《じょうきげん》な敬子を前に、友朗の表情は微妙《びみょう》だった。

「友朗さん、本当に、かかった費用はお支払いしますから」

「いや、いいんだって。ネットできなくて困るのは俺なんだから」

友朗と気持ちを確かめ合った紬だったが、先日までのように東京の彼のマンションでずっと一緒にいるということは難しい。紬もまたここの巫女であり、神社の維持《いじ》と、相談者の対応という仕事があるからだった。

「そのへんは俺のほうがフットワーク軽いし」

結果、友朗は麓の町に物件を借り、そこから紬のいる神社に通うということになった。東京に用事がある時は車を飛ばせるし。リモートでも充分対応できる。便利な時代になったものだ。

紬も彼と一緒に麓の町の物件に一緒に住みたかったが、高齢の祖母をずっと一人にしておくのは心配だった。そう言ったら、まだそんな年じゃないと怒られてしまったが。

そういう理由もあり、神社の住居部分を大幅に手を加えることになった。友朗の仕事のためにネット環境《かんきょう》の整備と、水回りのリフォーム。増築して部屋を増やし、友朗と紬はそちらに移る。週に三日ほどは麓の町の物件で二人で過ごしていた。

友朗はもちろん動画投稿を続けている。先日の紬との一件で何故かまた登録者が増えたらしい。案件も増えて大忙《おおいそが》しだと言っていた。田舎《いなか》暮らしの動画投稿も順調に再生数が伸びているらしい。

心霊《しんれい》スポットに行くことは減ったようだった。というか、自分のチャンネルでやることは、ほぼないらしい。誰かとのコラボで行くことがあれば、こちらでも動画をアップするということになっていた。心配なのでその時は自分も行くと言ったのだが、「お前が来ると本気で何も起こらないような気がするなあ……。それはそれで撮れ高が期待できないと」などと渋《しぶ》られてしまった。

「じゃ、行ってくるな」

「ああ、いっといで」

紬はこれから友朗と二人で麓の町のショッピングモールに買い物に行くことになっている。

「本当に一緒に行かなくていいの？　お祖母ちゃん」

そう言うとも祖母は呆《あき》れたように言った。

「何言ってるんだい。そこまで野暮《やぼ》じゃないよ」

「でも」

「あたしは自分の友達と行くからいいんだって」

そう言われて、紬は肩を竦めた。確かに自分達と行くよりは、話も合う同年代の友人と行くほうが楽しいのだろう。友朗のほうを見ると、彼はこちらに頷いてみせた。

「わかった。じゃあ行ってくる」

「ゆっくりしておいで」

紬は手を振って、神社の前に停《と》められた友朗の車に乗り込む。

「あ……」

「どうかしたか？」

「そう言えば、この車に乗っている時だったなって」

工場地帯の夜景を見に行った時だった。あの時、車の中でキスをして、写真を撮られてしまい、騒ぎになってしまったことを思い出す。

「んなことあったなあ」

友朗はさして気にしていないようだった。釈明《しゃくめい》の動画まで出すはめになったのに。

「ああいう写真をまた撮られるのは、ちょっと……」

単純に恥ずかしい。そう告げると、友朗はばつの悪そうな顔になった。

「ごめん。もう外でああいうことしねえよ」

でもなあ、と友朗は続ける。

「あの手の連中が、うようよいる東京ならともかく、こんなところで写真とか撮られるかねえ……」

「ていうか、多分、僕わかると思います」

「ん？　何が？」

「視線とかわかるので。普段はそういうのスイッチ切ってるんですけど」

「マジ⁉」

紬は頷いた。

「力も増幅したので……」

友朗が来てくれて力が安定したことにより、スイッチを切っていても目に入る雑霊《ざつれい》を見ることも減った。友朗には感謝してもしきれない。

「じゃ、車ん中でもイチャイチャできるな」

「そういう問題じゃ…、あれ？」

言いかけて首を傾《かし》げた。そういう問題なのではないだろうか。思わず赤くなると、友朗が笑った。

そんな会話をしながら、車は山を下りていった。冬枯《ふゆが》れの木々が見るからに寒々しいが、車内が温かなのはエアコンのせいだけではないだろう。

三十分も走ったところで、複数の商業施設が集まっているショッピングモールに着いた。

「お祖母ちゃんからメモを預《あず》かってきました」

「ん」

友朗にメモを渡し、自分はカートを引く。あたりは家族連れが多かった。

「僕も免許《めんきょ》取ろうかと思うんです」

「おお、いいんじゃね？　……ていうか、ああいうところに住んでたら免許とか必須《ひっす》だと思ってたな」

それを言われて紬は肩を竦める。

「ですね。僕があまり外に出たがらなかったんですよ。でももう、大丈夫なので」

友朗に会うまで、あの椿《つばき》の咲《さ》く神社は紬の堅牢《けんろう》な結界《けっかい》だった。紬はただ、外からやって来る者を待っていればよかった。そういえば、自分の足で誰かに会いに行ったのは、友朗が初めてかもしれない。

「え、お前よく一人で俺んとこ来れたね」

「最初は嫌がってたんです。一人で東京なんか行けるわけないって。でも修行のためだから行かなきゃダメだって、駅まで車に乗せられて、たたき出されました」

カートを引きながら陳列棚《ちんれつだな》の間を歩く。友朗はメモを見ながら祖母の買い物と、自分達の買うものを手際《てぎわ》よく入れていった。

「……俺とエッチすることは嫌じゃなかったの？」

「それは何故か、嫌じゃなかったです」

というかむしろ相手が友朗でほっとしたのだった。女神の力を安定させるには、誰かに抱かれて陽の気を体内に入れなければならない。それは納得していたことだったが、誰でもいいというわけではなかった。

「友朗さんが厄介な呪いを抱えていてくださって、よかったというか……」

祖母も、あの客ならまあいいだろうと言っていた。おそらくそれは、友朗が多額の前金を払ってくれたからだろうが。

そこまで言って彼のほうを見やると、友朗がにやにやした笑いを堪えているような、微妙な表情を浮かべているのが目に入った。

「何変な顔してるんですか？」

「そんなこと冷静に突っ込むなよ」

彼はがっくりしたように言った。

「俺で嫌じゃなかったって言われて、よかったなって思ってたんだよ」

「ほんとだ。どうしてでしょうね」

「お前マジで言ってんの？」

彼は少し呆れたようだった。

「それ、少なからず俺が好印象だったってことだろ」

「……」

紬は彼の言葉の意味を少し考える。それからボン、と音がしそうに顔を赤くした。

「……そういうことになりますね……」

「今頃気づいたのかよ」

友朗はおかしそうに笑う。彼の手が伸びてきて、紬の頭をくしゃりと撫でた。

「可愛いな」

「……誰か見てたらどうするんですか」

「誰か見てたか？」

「わかりません。心臓がどきどきしていたので」

「ダメじゃん」

そう言いつつ、彼は妙《みょう》に楽しそうだった。

カートに山ほど食料品や日用品を乗せて会計を済ませ、車に積む。その時、カフェが目に入った。

「寄ってくか？」

「いいんですか？」

「もちろん」

二人でモール内のカフェに入る。メニューを見て、注文を取りに来た店員にオーダーをした。

「あんバターのフレンチトーストと紅茶をお願いします」

「俺はＢＬＴハンバーガーとコーヒー」

「かしこまりました」

店員が下がってから友朗は言った。

「あんバター好きだよな」

紬が東京で食べて気に入ったものを、彼はちゃんと覚えていてくれた。

「なんか、ハマってしまって……」

「つか、甘いもん好き?」

「こういう仕事していると、甘味《かんみ》を好むようになるみたいです。お祖母ちゃんも大福とか、おはぎとか大好きで」

「餡子《あんこ》好き一族かよ」

そう言って彼は笑った。オーダーしたものが運ばれてきて、その『映《ば》え』さに写真を撮る。こういうことをしていると都会の人間みたいだ。味ももちろん抜群《ばつぐん》だった。

カフェで小一時間ほどゆっくりして、神社へ戻る。今日は麓の町の物件に行く日だったので、祖母から頼まれた品物を渡すと、また車に乗った。今日の夕食は鍋《なべ》で、さっき材料を買った。

友朗が借りた物件は駅前の便利な立地にある、五階建てのマンションだった。東京の彼のマンションとは比べ物にはならないが、広くてなかなかいい部屋である。

「住めば都だよなー。都会以外には住めねえって思ってたけど、温泉《おんせん》も近くにあるし。まあ、いつでも東京に行けるってのがいいんだよな」

鉄道を使っても、東京へは二時間以内で行ける。

買ってきたものを冷蔵庫に入れ、紅茶を入れてソファに座った。つけたテレビを見るともなしにぼんやりと眺《なが》めて、紬はぽつりと呟《つぶや》く。

「時々、夢じゃないかって思うことがあるんです」

「夢？」

紬は頷いた。

「自分がこんなに穏《おだ》やかな生活を送れるなんて、思ってもみなくて」

常人では想像もできない道を歩く自分には、普通の人生など無理だと思っていた。それが今こうして、想い人と買い物に行ったり、カフェに行ったり、並んで座ってテレビなど見ている。

「夢ならずっと覚めないといいなあ」

これまで祖母の手に余る案件を紬が引き受けてきた。だが、これからは祖母の体力も年齢的に落ちる一方だ。となれば紬がやる案件は増えていくだろう。紬はその度に死の世界に触れる。時に怨嗟《えんさ》に満ちた念に触れ、その時は自分の身が削《けず》れるような思いを味わう。

「夢じゃねえよ」

力強い腕で、ぐっと引き寄せられる。

「お前がこっちの世界への戻り方がわからなくなったら、何回だって俺が手を引いて連れて帰ってやるから」

「友朗さん……」

紬にとって、友朗は海から見える灯台《とうだい》のようなものかもしれない。迷わないように導いてくれるそれ。

「だからもう黙っていなくなったりするなよ」

「ん……っ」

口づけをされ、紬は甘く呻《うめ》いた。次第に深く唇が合わさり、ぴちゃ、くちゅ、と湿《しめ》った音を立てる。

「――一緒に風呂に入るか？」

紬が熱い吐息をついた時、友朗が耳元で囁いた。

「風呂に…？」

「まだ風呂に一緒に入ったことなかったろ？」

そう言えばそうだった。なんとなく気恥ずかしいような感じもするが、友朗が望むなら紬は叶《かな》えてやりたかった。

部屋の風呂は東京のマンションとほぼ変わらない。今は神社にある浴室もそうなっているが、ボタンひとつで湯が出て、保温までしてくれるというシステムバスは、すごく便利だと紬は思ったものだ。冬場に服を脱いで入ってもひやりとしないのもいい。シャワーから少し熱めの湯が二人の身体を濡らしていった。友朗が何故かわくわくしたような顔をして、ボディソープを泡立《あわだ》てていった。

「洗《あら》ってやる」

「っ、ちょ…っ」

泡にまみれた大きな手が紬の身体を這い回る。その時、彼の目的を知ってしまって、思わず顔を赤らめた。

「ちゃんと洗ってくださいよ…っ」

「普通に洗っているが？」

掌《てのひら》が胸元を滑ってゆく。その指先が胸の突起を弾いて、紬は唇を噛む。うっかり声が出てしまいそうだった。

「っ、んっ」

「どうした…？」

友朗の手の動きは、もう洗う素振《そぶ》りすら放棄《ほうき》して、あからさまな愛撫に変わっていた。ぬめる指先で乳首を何度も弾かれて、全身がじわじわと痺れてくる。吐息が乱れ、知らずに声が漏れた。

「あ、あ…っ」

身体から力が抜けて背中を壁に預ける。すると友朗がますます詰《つ》めてきた。

「んん、ふうっ」

両の乳首を、きゅっと摘《つ》まれ、紬の喉が仰け反る。くりくりと弄《もてあそ》ばれてたまらなくなった。

「ああ……っ」

「気持ちいい？」

「ふ、んん…っ、気持ち、いぃ…っ」

素直な言葉が紬の口から零れる。浴室はシャワーの音と二人の息づかい、そして紬の喘ぎが混ざり合い、濃密《のうみつ》な空間と化していた。

「んぅ…っ」

口づけを交わし合い、下半身が密着する。互いのものが擦れ合って、立っている両脚がガクガクと震えた。

「あ、あ、待っ…、友朗、さん」

「んん?」

「ここでは、のぼせてしまう……」

ただでさえ頭がくらくらしているのに、これ以上、不埒《ふらち》なことをしたらどうなってしまうかわからない。

「……じゃあ、これだけな」

「えっ」

ふいに肩を摑まれ、くるりと身体を返された。それまで背中を預けていた壁に手をつくことになってしまい、紬は慌《あわ》てる。

「脚閉じて」

「!?」

ぴたりと閉じた太腿の間に、彼のものが差し込まれた。そのまま前後に動かれて、脚の間を彼のものが擦っていく。

「あ…っ、あ、あっ！」

ぬちゅ、ぬちゅ、という音を立てて、会陰が刺激された。それはこれまで感じたことのない快感で、紬は壁に縋《すが》るようにして喘ぐ。爪《つめ》を立てて耐えようとしたものの、つるつるしたタイルにはそれが叶わない。

「んぁあ…っ、そ、そこ、そんな…っ」

友朗の先端が会陰を抉るように動いていった。そうすると内奥がひくひくと収縮してしまう。

（――――挿れて欲しくなる）

「は、はあ、ああ……っ」

それでも紬の肉体は快楽を拾おうと動き、絶頂に向けて昇り詰めていく。やがて友朗のものが白濁を紬の太腿にぶち撒《ま》けた。

「ああ、んん――……っ」

紬の背中がびくびくと震え、太腿が痙攣《けいれん》する。そそり勃っていた肉茎の先端から白蜜が零れていた。

「お前もイった？」

「ん……っ」

だが、身体の中でまだ火種が燻《くすぶ》っている。振り返った紬は恨《うら》めしそうな瞳で友朗を見つめた。

「っ……、たく、せっかくお前のこと気遣ったってのによっ……！」

「んあ、ああああっ⁉」

双丘の狭間《はざま》の奥に、太い男根が捻《ね》じ込まれる。浴室の中に響く嬌声《きょうせい》。肉を打つ音。

「ああっ、あっ、あっ、ああっ…！」

快楽に身体を揺さぶられる。外はまだ明るいというのに、風呂場という場所でこんな行為をしてしまう自分達は、どこまで不道徳《ふどうとく》なのだろう。

紬はそんなことを考えたが、すぐに何もわからなくなった。


「――――結局、最後までやっちまったなあ…」

紬は寝室のベッドの上に横たえられていた。裸《はだか》の上にタオルケットだけを掛け、手には水のペットボトルを持っている。

「いや、わかっている。自分の性欲には責任を持つべきだ。それでも俺はあえて言いたい。『煽ったお前が悪い』ってな」

「僕、煽りましたか？」

紬には自覚がない。友朗は喉の奥を、ぐうっと鳴らすと、観念《かんねん》したように頭を下げた。

「わかった。やっぱり俺が悪かった。すまん」

「謝らないでください。こういうことは……その、喧嘩両成敗《けんかりょうせいばい》みたいな」

ちょっと違うか、と呟いて、紬はベッドから上体を起こした。目眩《めまい》もだいぶ治まっている。

「起きて平気か？」

心配そうに覗《のぞ》き込んでくる友朗に、紬はにこりと笑った。

「大丈夫です。それより、お腹がすいたので」

先ほど、カフェでフレンチトーストを食べたが、思いがけず運動をしたのでエネルギーを消費してしまった。

「鍋の用意をしましょうよ」

「……おう、わかった。じゃあ服着てな」

紬がTシャツを着ていると、部屋のインターフォンが鳴った。

「はあ⁉」

いったい誰だと、友朗が半ばキレ気味《ぎみ》に寝室を出て行く。リビングにあるインターフォンで来訪者と話し出した。

「えっ、お前なんで突然来てんの？　いやそれはそうなんだけど。……わかったよ」

彼はオートロックを解除したらしい。すごく申し訳なさそうな表情を浮かべて、紬のところに戻ってきた。

「紬。悪い。……妹来た」

「えっ、かなみさん?」

そうこうしているうちに、今度は玄関のチャイムが鳴る。友朗が舌打ちをして、そこへ向かった。ドアが開く音がして、同時に覚えのある声が聞こえてくる。

「お兄ちゃんが悪いんじゃゃん⁉ なんで身内のそういうことを、動画で知らなきゃいけないのよ!」

「お前に関係ねえだろ!」

「あるでしょ! だってあたしがいなかったら、お兄ちゃん紬さんと会ってなかったでしょ!」

「んなことはねえ!」

喧嘩をしているような口調だが、端《はた》から見れば兄妹とはこんなものなのだそうだ。紬が寝室から出て行くと、目ざとく発見したかなみが駆け寄ってくる。両手を握られ、ぶんぶんと上下に振られた。

「紬さんたらもう! やっぱりお兄ちゃんの餌食《えじき》になって!」

彼女は一頻《ひとしき》り嘆《なげ》くような、兄に向かって悪態をつくようなことを言うと、手に下げた紙袋を紬に渡した。

「紬さん、はいこれ、お土産《みやげ》」

「あっ、ありがとうございます」

紙袋の中はマカロンだった。まだこれは食べたことがない。美しい色の、可愛らしい形をした菓子《かし》だった。

「ねえ、今日ご飯食べてっていい？　いいよね？」

後半は友朗に向けられた言葉だった。有無を言わせぬ勢いだ。

「いいけど、今日は鍋だぞ」

「やった！　鍋大好き」

「食材多めに買っておいてよかったですね」

さっそく作りますねとキッチンに赴く。その後を友朗が慌てて追いかけてきた。

「待て、俺もやるから」

「でも、せっかくかなみさんが来てくれたのに」

兄妹で団欒《だんらん》していたほうがいいのでは、と言うと、彼はすごい勢いで首を振った。

「いや、今更だからな」

すまん、と彼はもう一度、紬に謝《あやま》る。二人きりでいたかったのに、と。

「これから、いくらだって二人でいられるじゃないですか」

自分達はまだ始まったばかりなのだから、と。

「それに、僕はかなみさんのことも好きですよ」

友朗さんと似ていて、快活《かいかつ》で好感が持てます、と続けると、彼は急に真剣《しんけん》な顔で言った。

「俺はお前のこと、かなみにも渡す気はねえぞ」

「……ええ？」

彼は何か勘違《かんちが》いをしているようだった。友朗はリビングでスマホをいじっているかなみに背を向けると、紬に素早くキスをしてきた。

「妹を恋敵《こいがたき》にさせるなよ」

「させませんよ」

それより早く野菜を切ってくださいと、紬は彼に白菜を押しつけた。

ありふれた食卓《しょくたく》の風景《ふうけい》。好きな人達と一緒の食事。こんな日が来るなんて、夢にも思わなかった。

運命というものは、意外と融通《ゆうずう》の利《き》くものなのかもしれない。

温かな部屋で、にぎやかな兄妹を眺めて過ごしながら、紬はそんなふうに思った。

あとがき

こんにちは。西野花《にしのはな》です。「超現実主義者《ちょうげんじつしゅぎしゃ》と花《はな》の巫女《みこ》の蜜約《みつやく》」を読んでくださりありがとうございました！　ラヴァーズ文庫さんでは初めての一対一のカプになります。今回攻めの職業が動画配信者で受けが霊能力者ですが、どちらも私も好きな分野でしたので、下調べなど一切なしで書けました。それにしても心霊スポットに行って呪われるところから話が始まるっていうのはいろいろ鉄板で王道ですよね。受けの子の好物があんバターになったのは私が好きだからです。カロリーオーバーですが、紬君《つむぎくん》なら大丈夫。脳で消費できる。

挿画を引き受けてくださいました奈良千春《ならちはる》先生、本当にありがとうございます。今からどんな絵になるのかとっても楽しみです。担当様も毎回ご面倒おかけしております。改めて御礼申し上げます。

暑い夏が終わってもう秋になりますが、最近は十月くらいまではまだ暑い時がありますよね。冬が大好きな私は早く冬にならないかなーと思っております。キンと冷えた空気の中をコートを着て歩くのが好きです。

流行病とかまだ不安定な情勢ですが、少しでも好きなものを見つけて楽しく過ごせますように。またお会いできたら嬉しいです。

西野　花

【Twitter ID　hana_nishino】